DU MÊME AUTEUR

Le Ventre de la fée, Actes Sud, 1993.
Grâce et dénuement, Actes Sud, 1997.

L'ÉLÉGANCE DES VEUVES

ISBN 2-7427-1370-0

Illustration de couverture :
Photo de Patricia Canino, 1994

ALICE FERNEY

L'ÉLÉGANCE DES VEUVES

roman

BABEL

pour Christian et Marie-José

Des milliards de morts. Ils multiplient mon angoisse. Je suis leurs agonies. Ma mort est innombrable. Tant d'univers s'éteignent en moi.

EUGÈNE IONESCO

Arthur et Julie Bourgeois eurent cinq filles. Deux d'entre elles moururent jeunes. Les trois autres, Hélène, Henriette et Valentine, convolèrent en justes noces. D'elles sont issus dix-huit petits-enfants, quarante-trois descendants à la deuxième génération, cent cinquante-quatre à la troisième, et à ce jour quatre-vingts déjà à la quatrième.

C'était un bourgeonnement incessant et satisfait. Un élan vital (qu'ils avaient canalisé), un instinct pur (dont ils ne voulaient pas entendre parler), une évidence (que jamais ils ne bousculaient), les poussaient les uns après les autres, à rougir, s'épouser, enfanter, mourir. Puis recommencer. Les uns après les autres ils savaient que telle était la meilleure tournure des choses : que le Seigneur bénisse des alliances, que les jeunes ventres enflent dans l'allégresse, et que les anciens bercent des nouveau-nés propres et emmaillotés. Le grand arbre familial étendait ses branches de plus en plus loin, année après année éparpillant des feuilles, au gré des mariages les enfants quittant les parents, dans l'espace entier. "Dieu ne nous a pas créées pour être inutiles", telle était la devise des femmes de cette famille. Elles se la transmettaient de mère en fille, de même qu'elles se murmuraient l'instant venu – à demi-mot pour ne pas troubler la décence – des secrets de chair, de sang, et d'enfants. Car les épouses étaient toutes accaparées par cette tâche : procréer. Et Dieu qui les guidait, à qui chaque soir elles offraient leur journée, ce Dieu-là se chargeait de bénir leur couche, et de pardonner aux époux la douceur des caresses en soufflant autour d'eux des petits enfants. Ainsi les couples étaient féconds, comme si la terre avait été si belle qu'il fallait enfanter des êtres capables de s'en émerveiller. Ou si cruelle qu'il fallait apprendre à compter, parmi ceux qui naissaient, lesquels survivraient.

1

Valentine était une femme très petite dont la longue chevelure, sombre et bouclée, ramenée en chignon, ajoutait encore à l'impression d'écrasement de la silhouette en concentrant trop de volume sur la tête. Elle n'avait aucune élégance, plutôt une sorte de nervosité, qui la portait à un rythme de mouvement que les exigences de la féminité lui imposaient de modérer. La mode de surcroît l'affublait de chapeaux, de voilettes et de plumes, qui convenaient mieux aux femmes plus élancées mais ne pouvaient être évités. Leur appareil compliqué dansait bizarrement sur ce corps frêle qui bougeait avec une grâce sans arrêt menacée par sa rapidité naturelle. De dos, et si d'aventure elle restait immobile, on aurait pu la croire aussi fragile qu'on la voyait fluette, mais dès que l'on apercevait son regard on savait qu'elle ne l'était pas. Car ses yeux, trop petits et ronds pour être beaux, brillaient comme les boutons de ses bottines. Noirs de jais dès la naissance, ils seraient aussi de noir peu à peu pétris, c'est-à-dire peu à peu emplis des ombres rapportées du deuil. Tard dans sa vie, après qu'elle aurait survécu à tant de défunts, ce serait un regard dur où se liraient les blessures et la fermeté. Mais dans sa fraîcheur de jeune vierge, ils avaient la vivacité de celle qui ne savait rien de la cruauté des jours, et qui rêvait en attendant de se marier. Ainsi l'expression de son visage trahissait Valentine sans mentir : elle ne se méfiait pas de la vie, ni de l'avenir, et se montrerait capable de les souffrir. De les surmonter.

A dix-sept ans elle fut fiancée à Jules dont le père était venu faire sa demande. Après réflexion les fiançailles furent rompues : Jules n'avait pas de fortune. Valentine ne dit mot, d'ailleurs on ne lui demanda pas son avis, ce fut sa première peine. Mais Jules était amoureux et persévérant. Il ne chercha pas à acquérir du bien, simplement, ce qui était aussi convaincant, une âme, une passion, une situation : officier d'artillerie. Aussi eut-il gain de cause. Pour épouse devant Dieu et devant les hommes il voulait encore Valentine, il l'eut. C'était un pur, Valentine qui sans le savoir avait ce don de soupeser les êtres l'aima jusqu'au dernier jour de sa vie à lui, et de sa vie à elle.

En une année, celle de ses vingt ans, elle fut fiancée officiellement, mariée religieusement, installée bourgeoisement, ardemment fécondée et douloureusement accouchée : la vie de Valentine commençait à être ce qu'elle se devait d'être. Sa carrière de mère débutait par un succès : à Dieu, à la France, à son époux, elle donna deux jumeaux robustes qu'on baptisa Louis et Jean, parce qu'on était, dans cette famille, royaliste et catholique.

La vie conjugale de Valentine et Jules dura vingt retours de saisons, de la fin d'un siècle aux jeunes années d'un autre. A midi un jour de printemps, ils signèrent les registres de l'Eglise et de l'Etat, les cloches n'en finissaient plus de sonner et Valentine de sourire à Jules. A midi un jour d'hiver, Jules se coucha sur le côté en fermant les yeux, et laissa Valentine découvrir le malheur d'être veuve.

Mais avant le froid et le noir, avant la terre et la pierre, l'officier, qui se tenait droit dans son bel uniforme, se coula tant et si bien et si souvent dans la chaleur de son épouse, qu'il lui fit huit enfants. Huit enfants de l'amour, car ni Jules ni Valentine n'avaient d'inconstance. Huit enfants de la souffrance, car Valentine connaissait des grossesses difficiles et des accouchements incertains : son corps qui était si étroit n'était pas fait, comme Dieu pourtant semblait le vouloir, pour porter les enfants. Elle ne s'en plaignait jamais, mais le ralentissement de ses gestes suffisait à le trahir, le masque gris sur son visage à l'exprimer. Elle connut donc huit calvaires, huit délivrances, et huit enchantements (ou presque).

Moins de deux années après Louis et Jean vint Adrien. Qui fut aussi calme et appliqué que ses deux frères étaient batailleurs et dissipés. Comme si, pensa Valentine, chaque enfant se déployait dans l'espace laissé libre par les autres. Et dans cette maisonnée d'hommes, Valentine se surprit parfois à imaginer une petite fille. Mais Dieu choisissait ce qu'Il voulait et elle se contenta de coiffer ses trois garçons à la manière de fillettes. Ils portaient des blouses brodées dont les larges collerettes amidonnées leur donnaient un air de poupées. Chaque matin elle leur roulait de jolies coquilles avec les cheveux du dessus du crâne. Elle s'acharnait sur le plus jeune, maintenu dans une vie de poupon jusqu'à tant qu'elle allaite à nouveau : lorsque Henri naquit, on coupa les boucles d'Adrien qui allait avoir trois ans.

Après ces quatre garçons Valentine ne se découragea pas. Des enfants elle ne savait même dire combien elle en voulait. Il n'y avait pas de fin à ce désir qui était le principe directeur. Et enfin la première fille arriva. On l'appela Margot du nom d'une grand-mère de Jules. Valentine, qui trouvait à ce prénom une distinction un peu glacée, aima à la folie l'enfant qui le portait. Elle eut d'emblée une complicité plus grande avec elle, les prémices d'un lien de sang et de féminité. Non pas qu'elle la préférât, mais il y avait là une promesse de femme, et Valentine savait qu'elle aurait à transmettre bien davantage qu'aux garçons. Comme aux autres elle lui offrit tout ce qu'elle possédait, son sourire, la douceur de sa peau, cette faible odeur de rose qui était toujours sur elle et sur ses cheveux. Elle lui donna aussi le bercement de ses bras et le sommeil de ses nuits. Elle chassait les cauchemars, rebordait le drap, embrassait sur le front et partait se recoucher : l'ombre de sa silhouette menue, noyée dans la chemise de nuit montante et la masse des cheveux dénoués, était inscrite dans les yeux de tous ses enfants. Et dans leur mémoire profonde qui se construisait, sédiment après sédiment, elle laissa le goût des caresses dans le froissement de ses robes, et le bruit même de ces froissements. Sa vie n'était que ce don, et lorsqu'elle les regardait ensemble, ses enfants, elle sentait sur sa peau un frémissement comme de froid, un sentiment qu'elle ne démêlait pas, de fierté d'effroi et d'amour inexprimable. Car sur Margot seulement elle osait déposer tous les baisers qu'elle renfermait. Il ne fallait pas amollir les garçons, Jules le lui répétait à l'envi. Lui-même ne savait pas se passer de son épouse. Les élans de douceur qu'elle avait le laissaient désarmé. Car ils venaient par surprise. Valentine avait un charme étrange, irrésistible, croyait Jules, qui ne voulait pas voir ses deux grands fils attendris par leur mère.

De tous les enfants, Margot serait ainsi la plus câline. Suivant sa mère partout, toujours assise à ses pieds, elle s'occupait à des jeux tranquilles, enfilant des boutons, dessinant, coiffant ses poupées, silencieuse comme une petite fille muette. Elle avait des mains minuscules qui tripotaient les choses avec adresse. On aurait dit qu'à cet âge elle pliait le monde à son désir et que c'était facile. Valentine s'absorbait dans la contemplation de sa fille. Ce qui était promis à cette enfant-là, elle le savait, les épousailles et les enfantements, cela ne faisait que rapprocher les mères et les filles. Rien ne changerait rien à la douceur de se trouver ensemble.

La venue au monde d'Elisabeth continua de combler Valentine. Dieu n'était pas si sourd puisqu'Il donnait une deuxième fille à cette mère qui les aimait tant. Et Valentine souriait si souvent sans raison que parfois les deux aînés lui demandaient, pourquoi souriez-vous maman ? Elle répondait : parce que je suis heureuse avec vous.

Le premier goût du malheur, elle l'eut trois années avant la fin de son mariage : le septième enfant ne vécut qu'une journée, le temps de sourire aux anges et de partir les rejoindre. Il porta pendant quelques heures le prénom d'Etienne, et Valentine le pleura jusqu'à la naissance de Pierre qui serait son dernier enfant. Elle pleura l'attente vaine, les longs mois de rêve, cette idée que l'on a de l'enfant caché. Elle pleura d'épuisement, des larmes d'eau qui noyaient son visage, des larmes de lait comme remontées de ses seins lourds et vains. Il lui semblait avoir un creux dans les bras, un poids qui manquait, un trou de chaleur absente. Chaque nuit elle s'éveillait malgré elle aux heures des tétées. Elle se sentait spoliée. Elle souffrit les regards tristes de ses enfants, les questions des amis, les naissances heureuses chez les autres. Ses yeux brouillés revenaient sur l'image du minuscule cercueil blanc porté en terre par un seul homme, d'une seule main. Elle pleura en s'endormant ou ne dormit pas, elle pleura en parlant, et aussi en se taisant, comme si à cet enfant dont elle avait à peine vu le visage (et qui, pensait-elle, n'avait pas eu le temps de distinguer celui de sa mère), elle donnait toute l'eau dont son corps était fait.

Lorsqu'ils restaient seuls après le coucher des petits, Jules prenait Valentine sur ses genoux. Elle glissait sa main sous le gilet de son époux et posait la tête sur son épaule. Elle ne parlait pas. Elle n'avait pas besoin des mots pour sentir qu'il l'aimait mais qu'en cet instant il ne la comprenait pas. Qu'il n'était pas comme elle une chair capable de s'emplir et de créer, une chair volée de son fruit, ravagée de sang perdu. Mais elle avait la politesse d'une épouse éduquée et aimante, elle l'écoutait en souriant, elle hochait la tête comme si elle approuvait des paroles qu'en réalité elle ne pouvait entendre. Vous aurez d'autres enfants, disait Jules, et elle ne bougeait pas. Il poursuivait, s'appliquant à être doux. Il disait qu'elle en avait d'autres déjà, qu'elle n'avait rien connu de celui-là, qu'ils n'avaient pas eu le temps de l'aimer. Elle faisait mine d'être consolée. Mais seul un homme pouvait parler de cette manière, pensait-elle. Car elle songeait aux mots qu'elle avait murmurés en se voyant si pleine : mots secrets de l'attente émerveillée. Si elle n'avait pas aimé Jules d'un amour tendre, épanoui, elle l'aurait injurié. Au lieu de cela elle cachait son regard, frottait son front sur l'étoffe du gilet et refoulait ses larmes. Les yeux de Jules ne distinguaient pas son visage. Il ne voyait que la masse de boucles dans laquelle il passait sa main tout en parlant. Il disait les mots immémoriaux, ceux qui ouvrent aux hommes le cœur des femmes. Il disait vous êtes belle ma Valentine et je vous aime. Alors elle lui pardonnait. Car ça elle le croyait. Cet amour il en était plein, et parfois vulnérable, et d'autres fois aveuglé. Elle y croyait si fort que jamais elle ne songeait qu'il pourrait venir à manquer. Jules avait quarante-six ans. De lui on disait c'est un titan, une force de la nature, un caractère inflexible. A côté Valentine était si petite que, pour la souffrance et pour la mort, elle passerait forcément avant lui.

Pierre naquit et Jules mourut un an plus tard. Il n'y aurait pour Valentine plus de caresses et plus d'enfant. Elle serrait contre elle Pierre qui ne marchait pas, et elle aurait voulu tenir longtemps un enfant chaud et doux que l'on vient d'apporter au monde. Sans Jules, elle n'était plus qu'un corps tremblant, stérile, un ventre vide à l'infini. Et dans la détresse de se savoir à jamais inféconde et privée d'amour, Valentine se raidit davantage. Elle s'étourdit dans la vitesse de gestes qui faisaient d'elle une étrange marionnette noire, une sorcière menue filant sur un invisible balai. Dans la rue elle marchait vite, comme si elle avait été trop vulnérable pour affronter le monde, qui d'ailleurs, selon la coutume, lui demandait de ne plus l'affronter. Elle n'avait que ses enfants pour la choyer. Les aînés étaient maladroits, les jeunes tendres et doux, et sans crainte de lui parler. Jules s'était éparpillé en chacun. Fugacement Valentine le retrouvait au travers d'eux. Les jumeaux avaient la raideur de leur père, cette obstination qu'elle sentait poindre malgré leur obéissance et le respect qu'ils portaient à leur mère. Ils étaient timides à la manière de jeunes hommes sans femme. Ils ne savaient pas encore s'approcher des êtres, les toucher, dire leur tendresse. Et ils n'auraient pas le temps de l'apprendre. Car ils seraient bientôt cueillis et jetés en terre. Mais nul ne le savait, ni eux ni Valentine qui voulait les parfaire, sans pressentir que c'était inutile. Sans savoir qu'aucune femme ne gonflerait sous leurs étreintes.

La mort de Jules transforma Valentine. En perdant l'enfant à peine donné elle avait cru connaître la souffrance. Ce n'était pas grand à côté de la peine d'être veuve. Pourtant elle ne renonça pas. Elle était séparée de Jules qui était sa vie, elle devint la vie de Jules. Pas un jour elle ne l'oublia, les traits de son visage, la couleur de ses cheveux, la manière qu'il avait de lui sourire, tout resta gravé en elle, et parfois elle pâlissait de le voir avec tant de netteté. Elle ne perdit ni la douleur de soudain le savoir mort (et cet instant de l'apprendre, elle le vécut bien d'autres fois sa vie durant), ni le bonheur de l'aimer. Elle s'enroula autour de ce passé comme un lierre, elle en fit la source de sa chaleur. Et diffusa cette chaleur à ses enfants, qu'elle avait pris grand soin de ne pas endeuiller. Les petits étaient restés gais et avaient vite cessé de réclamer leur père. Dans leurs élans et leurs rires elle puisait une raison de poursuivre sans Jules ce qu'avec lui elle avait commencé. Elle n'était plus que mère.

Mais à Valentine était promise une vie où la trajectoire parfaite des premières années est altérée peu à peu, où tout ce qui a été gagné est repris et détruit.

L'armée lui avait valu un mari, elle lui coûta deux fils, les jumeaux de l'amour naissant, ses premiers-nés. Un bordereau aux couleurs nationales fit office de message, de condoléances, de mise en bière, de funérailles et de deuil. Le monde était bousculé, Valentine ne sut jamais quel était le visage de ses garçons dans la mort. C'était une juste cause, Dieu nous envoyait des épreuves, personne dans cette famille n'acceptait les complaintes, Valentine cette fois encore garda en elle tous ses mots. Elle se laissait aller la nuit, seule dans le grand lit, à la place de Jules où elle s'était mise à dormir, comme si elle avait été la défunte, comme si cette peine du veuvage lui avait été épargnée et qu'il était seul à pleurer une épouse et deux fils. Mais les larmes ravinaient ses joues, glissaient derrière l'oreille et filaient dans les boucles de ses cheveux. On eût dit alors une morte. Morte elle ne l'était pourtant pas, et il lui arrivait le soir venu de s'en étonner. Car elle l'était du moins à une forme de joie, une tranquillité de l'esprit : chaque fois qu'elle regardait ses enfants, elle se demandait quelles souffrances étaient tapies dans l'avenir.

Elle aurait jugé indigne cependant de répandre dans sa maison le trouble qu'elle ressentait. Elle avait encore cinq enfants, une cuisinière, une femme de chambre, et se sentait une obligation de sourire et de vivre. Valentine était une femme de devoir, elle continua de coiffer des cheveux, d'embrasser des fronts, de calmer des pleurs, d'inventer des jeux. Adrien et Henri partirent en pension dans un collège. Elle écrivit les lettres qu'il fallait, envoya les colis qu'ils attendaient, prépara les fêtes des retours. Ses filles avaient grandi, elle cousit les robes dont elles rêvaient, s'amusa de leur coquetterie, se souvint d'elle-même à cet âge. Elle tricota des chandails, d'horribles caleçons de bain, des chaussettes chaudes, des socquettes de coton. Elle fit des listes de courses, les menus de la semaine, les comptes du mois, paya les gages, organisa les vacances. Jamais elle ne manqua la fête d'un anniversaire, ni la splendeur de Noël et du réveillon où venaient les grands-mères. Elle accepta même de parler de Jules, de le partager avec d'autres qui ne comprenaient rien.

Elle poursuivit comme si personne ne manquait. Comme si le calme était revenu dans son âme et, qu'au moment de se coucher, elle n'avait pas ce pincement au cœur, cette envie soudaine d'éclater en sanglots, de parler à un homme. Elle vécut dans ces relations particulières que l'on a avec ceux que l'on protège. Refusant de songer que le sort est injuste, qu'il ne rend rien, qu'aux hommes il prend tout et ricane et continue de détruire leurs belles cathédrales, les œuvres de leurs vies, les dentelles précieuses qu'ils tissent avec leurs larmes. Et ce sort-là continua de soustraire à Valentine ceux qui restaient.

Elisabeth mourut à quinze ans sans une plainte. Peut-être voulait-elle atteindre la dignité de sa mère. Peut-être croyait-elle important de se montrer courageuse. Ou ignorait-elle simplement qu'elle était en train de mourir. Elle vit pourtant venir à elle un médecin qui ne faisait rien et un prêtre qui disait la prière des mourants sans la regarder. Un cliché la montre allongée dans son lit, adossée contre la taie d'oreiller si blanche que le visage paraît gris. Elle sourit. Deux jours avant sa mort.

Car vraiment elle eut cette manière de mourir : ses frères, sa sœur et sa mère auprès d'elle, personne pour la sauver, et une sorte de résignation partout, même en elle. Une résignation qui bientôt chez Valentine se transformerait en révolte et (on le chuchoterait un peu plus tard) en impiété. Pour la première fois de sa vie Valentine se laissa aller à hurler. La mort avait mis tant de temps à entrer dans sa fille que toutes les larmes étaient versées lorsque vint le dernier soupir. Il n'y en avait plus une. Il ne restait que la rage. C'était un dimanche, les domestiques étaient en promenade, Valentine était seule au chevet de sa fille. Elle n'avait plus d'époux à aider par son maintien, plus personne à qui cacher cette douleur. Elle cria comme une louve à la mort, à la honte de cette dépouille, contre ce Dieu qu'elle honorait. Elle réclamait de mourir aussi, de les rejoindre tous. Dans la chambre à peine éclairée elle s'était couchée par terre et frottait son front sur le parquet. Ses longues jupes noires, déployées autour d'elle, semblaient les ailes d'un papillon de nuit. Mais cette beauté des choses lui était invisible. Elle questionnait le sort. Pourquoi restait-elle toujours, comme une fossoyeuse frappée de malédiction ? Ce jour et cette mort n'étaient pas acceptables : c'était elle, la vieille, la fatiguée, elle Valentine Bourgeois, née près d'un demi-siècle plus tôt, frappée par trois fois, tombée, si mal relevée qu'elle ne voulait plus avancer, qu'elle n'aspirait qu'à s'étendre dans la terre contre celui qu'elle aimait. Et cette nuit-là, alors qu'elle était seule pour veiller son enfant, Valentine eut la claire vision de ce qui l'attendait : une vie très longue à regarder partir les autres sans pouvoir les retenir, une immense vie solitaire, à parler seule parce qu'elle voulait croire que Jules l'entendait. Des années à attendre. Quoi ? De soi-même causer le chagrin des autres, de s'allonger, de fermer les yeux. Il n'y a pas d'issue heureuse, pensa-t-elle. Et cette fois encore elle s'endormit malgré elle, pour reprendre des forces dont elle ne voulait plus mais qui étaient en elle.

Et elle resta debout, toute de noir habillée, toute de douleur trempée, détruite à l'endroit du rire, un peu moins rapide : rien ne servait de presser les choses, elles venaient toujours trop vite là où elles s'achevaient. Pendant plusieurs mois elle n'en finit pas de se modifier, travaillée de l'intérieur : l'expression de ses yeux, la courbure de ses sourcils, le pli de ses lèvres, la couleur de son visage (pâle ou au contraire obscurci, ou bien gris comme un marbre). Même sa silhouette semblait chaque jour fondre un peu plus sous les vêtements du deuil. Et à la fin elle prit ce terrible visage, sombre, immobile, comme si la concrétion des souffrances lui avait fait un masque. Au milieu, les yeux continuaient de briller. Elle n'avait dans son cœur que de la bienveillance, mais tout en elle exprimait le contraire. Valentine était cependant trop juste pour s'abaisser à blesser quiconque sous le mauvais prétexte qu'elle-même était blessée, elle fut douce en étant malheureuse. Elle réussit cette impossible mission : armer ses enfants pour vivre alors qu'elle croyait capituler. Des quatre qui lui restaient, trois d'ailleurs n'étaient plus des enfants. Seul Pierre, qui n'avait que neuf ans, lui rappelait ce que c'est que lire une histoire à deux, réciter des leçons, ce que c'est qu'une culotte courte, une peau neuve et un genou couronné. A lui plus qu'aux autres elle donna cette douceur étrange, cette attitude un peu languide de ceux qu'a traversés l'envie de tout abandonner. Il usa de ce don des enfants : ne pas voir les chagrins pour mieux les consoler. Il racontait de drôles d'histoires à une mère dont les yeux, certains soirs, étaient pleins de larmes. Pour lui elle eut une préférence. Et l'avoua aux autres qui étaient capables de comprendre.

Alors Henri vint à l'imaginer dans le plaisir d'être grand-mère. L'année qui suivit la mort d'Elisabeth il décida de se marier. Rien ne pouvait mieux aider sa famille et sa mère à sortir des deuils répétés qu'aucun bonheur ne permettait d'oublier. Du bonheur il y en avait en lui, autant que de l'amour, il était temps d'éclabousser la vie. Il avait vingt-deux ans, un métier, une maturité que la proximité de la mort avait forgée en même temps qu'une sagesse pour se réjouir des jours qui ne sont pas mauvais. Chez Henri, dans cette enveloppe nette et droite qu'avait façonnée Valentine, ardeur et passion se tenaient tapies, prêtes à jaillir. Dans ses pensées courait une jeune cousine qu'il fréquentait en vacances depuis qu'ils étaient enfants. C'était sur elle qu'il bondirait en premier.

Il alla lui-même demander la main de Mathilde et elle lui fut accordée, sans manières, par sa future belle-mère, une grande femme maigre qui lui confia sans feindre qu'elle était heureuse de ce mariage, et qu'elle s'était permis, souvent, de l'espérer. Elle ajouta qu'elle connaissait assez les vertus de sa fille pour savoir qu'elle ferait une parfaite épouse. Henri répondit poliment qu'en effet il en était certain. Il respira d'aise, sourit en entendant venir Mathilde, lui baisa la main sans quitter des yeux son visage, et sourit encore avant de s'en aller, saluant les deux femmes avec cette raideur qu'il avait héritée de son père. Mais ni à ce père, ni à ses deux frères disparus, ni à sa sœur défunte, il ne pensait en cet instant. Car il était revenu tout entier du côté de la vie.

Ce furent des fiançailles simples et intimes. On ne convia que Gabrielle, qui était la meilleure amie de Mathilde en même temps que sa cousine, et sa mère qui avait aussi perdu son mari. Les trois veuves préparèrent ensemble un repas de fête, partagé au retour de la messe dominicale. C'était une tablée étrange, où deux jeunes hommes silencieux et un petit garçon timide n'étaient entourés que de femmes bruissantes, taches blanches et noires : des jeunes filles et des veuves. Henri et son frère Adrien auraient pu se dire que décidément ce sexe n'était pas si faible, qui traversait les tourments gardant un calme indéfectible, le même dans lequel maintenant elles s'occupaient de servir, se levant de table, desservant les assiettes, apportant les desserts, sans un bruit, avec une grâce dansante, glissant autour d'eux comme des fées bienveillantes. Henri observait Mathilde à la dérobée. Il pensa qu'elle était la plus jolie femme à cette table, bien plus jolie que Margot qui manquait de coquetterie, plus jolie que Gabrielle, parce que de Gabrielle il n'était pas amoureux.

Mathilde était assise à côté d'Henri. A la fin du repas il posa sa main sur la sienne. Les deux ensemble faisaient un petit enchevêtrement de chair sur la nappe, et tous les yeux à ce moment se portèrent là. Puis Henri ramassa la main de Mathilde, la serrant tandis qu'il fouillait dans sa poche. Les regards suivaient ses gestes. Des sourires se dessinaient sur les lèvres, qui s'amplifiaient en se voyant les uns les autres. Et Valentine regarda l'annulaire de la jeune fille s'enfiler dans la bague que trente années auparavant Jules lui avait offerte. Mathilde eut un sourire mais pas une larme. Valentine se souvint qu'elle-même en semblable situation avait été si émue qu'elle en pleurait. Elle voulut voir là un augure favorable, puis, assaillie de souvenirs, resta muette jusqu'à la fin du repas, seule à hurler au-dedans sur ce qui ne pouvait être recommencé. Enfin Mathilde sans bruit se leva pour aller tout droit l'embrasser. Alors seulement Valentine se laissa aller à pleurer, car tous pouvaient croire que c'était de bonheur.

Le mariage d'Henri et Mathilde fut fixé au mois de juin suivant. Valentine en parla peu. En famille c'était un fait acquis, au-dehors elle ne voyait plus personne. Par ailleurs elle connaissait assez bien Mathilde pour la considérer déjà comme sa fille, et la recevoir sans cérémonie. Henri quant à lui fut réclamé pour quelques visites de présentation. Par chance sa future épouse n'était pas une jeune fille ordinaire, elle se montra modérée dans cette coutume où le fiancé est exhibé avec fierté comme un trophée de chasse.

Mais dans les discrets préparatifs, sous une forme nouvelle et insolite, la blessure de l'enfant perdu revint transpercer Valentine. Elle ne savait d'ailleurs s'il fallait penser en ces termes et s'il était naturel d'être désespérée. En tout cas elle l'était. La seule fille qui lui restait, Margot secrète et silencieuse, venait d'annoncer sa volonté d'entrer au Carmel. Sous ce mot les choses et la vie se défaisaient. Valentine considéra qu'elle avait tout raté, tout perdu, tout imaginé en vain : l'avenir devait être froissé comme un vieux papier, Valentine ferait son deuil des espoirs et des joies qu'elle attendait de cette enfant-là. Des épousailles et des enfantements, elle en riait entre ses larmes. Elle n'avait rien à dire, ce n'était pas sa vie qui était en jeu. Elle se le répétait, on ne fait pas des enfants pour soi. Mais fallait-il parler à Margot ou la laisser choisir seule ? Valentine ne savait pas. Dans le doute elle se taisait. Son silence activait ses pensées. A sa fille elle aurait voulu montrer à quoi elle renonçait, lui dire que l'amour d'un homme est moins distrait que l'amour de Dieu. Valentine divaguait. Sa fille n'aurait pas d'enfants ! Cette pensée la perforait. Elle ne parla cependant à personne (l'habitude en était prise). D'ailleurs elle n'aurait pas su trouver les mots justes. Elle n'aurait su dire que sa colère au lieu de sa tristesse, comme si au ventre tout en elle était chevillé, hors du territoire de la parole. Mathilde se montra douce et prévenante. Elle était la seule femme pour comprendre qu'une lignée de mères se brisait là. Mathilde aimait les enfants. Plus tard elle le saurait vraiment : une femme qui n'a pas d'enfants manque ce qu'il y a de plus ravageur dans la vie.

Margot quitta sa famille peu après Noël. Et de cette fête qu'elle savait la dernière où ils seraient tous réunis, Valentine fut incapable de profiter. Le matin du départ elle resta couchée. Elle avait embrassé sa fille la veille, lui murmurant à l'oreille qu'il faut toujours réfléchir. Et Margot avait eu la gentillesse de ne pas objecter sa certitude. Alors Valentine avait pris le jeune visage entre ses mains, déposant ses baisers un peu partout. Au fond d'elle-même la détresse la déchiquetait. Mais elle savait que les faits qui déchirent ne sont pas changés par la douleur qu'on en a. Le lendemain sa fille avait disparu.

De ce jour Valentine ne mit plus les pieds dans une église et ne commit pas davantage de prière. Elle venait de perdre un enfant. Dieu l'avait rappelé à Lui, cette formule consacrée était de mise, pensa-t-elle. Mais contrairement aux autres fois elle n'ajouta pas de mémento dans son missel, personne ne venait de mourir, elle jeta le missel. Aux heures qui d'ordinaire se passaient à la messe elle jouait du piano, assez mal, mais avec une passion qui l'emportait, une désespérance que la musique peut faire oublier.

Par la suite Margot ne modifia pas sa décision. Valentine n'en fut pas étonnée. Auprès d'elle n'importe quel enfant aurait appris la persévérance, le courage et le sens de l'engagement. Elle eut le sentiment d'avoir forgé l'arme qui la blessait : cette fille forte, volontaire et secrète, qui s'éloignait des siens pour entrer, pure et nue, dans l'austérité de sa prière.

Le mariage de Mathilde et Henri approchait. Valentine aida Mathilde à préparer son trousseau. Assises dans le salon, elles restaient l'après-midi à broder. Des draps, des nappes, des serviettes, toutes les étoffes d'une vie qui commençait, qui naissait entre leurs doigts industrieux, qui enflait dans le cœur de Mathilde et dans la blessure qui, chez Valentine, demandait à se refermer. Car pour celle qui venait de regarder partir sa fille, Mathilde fut un bouquet de promesses, un grand souffle d'été, un crevé de soleil dans le ciel bourbeux. Valentine n'en disait rien, mais trouvait à sa belle-fille une sorte de charme insolent, une noblesse naturelle qui provenait peut-être de sa grande taille, ou de la transparence des yeux qui semblait n'être rien de moins que celle de l'âme. Cette beauté sans affectation en avait troublé d'autres. Valentine se souvenait d'avoir surpris bien des regards attachés à cette longue silhouette qui avait une manière brutale de se tenir droite, comme une statue au milieu d'un salon. Elle se laissa charmer par celle qu'aimait son fils (je n'ai jamais douté du choix que vous feriez, lui avait-elle dit en le prenant dans ses bras). Et petit à petit, dans les plaisirs de la conversation, dans les sourires de la jeune fille, dans ses élans et sa patience pour écouter les souvenirs qui venaient, Valentine trouva une fille qu'elle n'avait pas attendue (avec l'intimité et le droit de dire les choses qui vont avec ce mot). Non, pensait-elle, Mathilde n'était pas sa fille, mais elle était une âme sensible qui entendait. Elle me ressemble, disait Valentine à son fils. Et de son côté Mathilde confiait à Henri : je parle beaucoup avec votre mère, j'aime savoir quel petit garçon vous étiez (elle était semblable en cela à toutes les amantes) et je crois qu'elle est contente de me le raconter. Je suis émue parfois en l'écoutant. Je la trouve si courageuse que je ne sais voir en elle que ses blessures et sa folle bataille. Henri était heureux. Il embrassait la joue de Mathilde, lui prenait la main pour continuer la promenade. Puis ils rentraient prendre le thé. Mathilde servait sa tasse à Valentine. Henri couvait des yeux sa fiancée et sa mère.

2

Le mariage de Mathilde et Henri fut célébré à Paris au début de juin. C'était un jour qui balançait entre l'ensoleillement et la pluie, et la toilette noire de Valentine alternait des chatoiements de jais et des opacités de charbon. Son âme connaissait le même balancement, qui d'un moment à l'autre passait de la joie de ce mariage à la pensée de sa fille qui en était absente. (Car Margot, qui devait s'affirmer à travers une série d'épreuves, avait choisi celle de ne pas quitter le Carmel pour cette fête.)

En entrant dans l'église au bras de son fils, Valentine dérangeait les ombres bien ordonnées de sa vie. Depuis le baptême de ses enfants c'était la première fête qu'elle célébrait dans une église. Ici elle n'avait fait qu'accompagner l'envol des âmes délivrées de leur poids terrestre (Reçois auprès de Toi Seigneur Ton enfant bien-aimé..., elle avait répété ces mots, exhortant à la clémence celui qui laissait déchiqueter sa famille). Ici elle avait versé des larmes sur cette chair promise à disparaître, à n'être qu'un souvenir porté par des chairs elles-mêmes promises au même sort. Et maintenant elle ne pouvait s'empêcher d'y repenser, même en cet instant où son fils était comblé, car cet instant était si minuscule, insignifiant dans l'éternité des temps où ils ne seraient plus ici et heureux. Une sorte d'oppression l'obligea à s'asseoir. De la main elle repoussa sans précaution une pile de livres de chant, puis se laissa tomber sur le banc, les yeux rivés aux petits boutons ronds qui fermaient son corsage sur toute la hauteur. Ce geste, et cette pose qu'elle avait prise maintenant, sans y songer, c'était tout elle qui s'y trouvait : sa violence, son épuisement et sa pudeur.

Puis soudainement l'orgue creva le murmure composite que faisait l'assemblée en attendant la mariée : un choc aussi puissant que la musique s'envolant sous la voûte. Valentine était émue. Elle savait que si elle se laissait aller rien ne l'interromprait qu'elle-même. Sur des clichés jaunis, sur des souvenirs enfouis, sur des absences, elle pouvait pleurer toute sa vie, sans que les clichés jaunis et les souvenirs enfouis et les absents n'avancent une main, n'esquissent un geste pour l'apaiser.

Mathilde entra au bras de son parrain, emportée par les grands élans des notes libres de la toccata. Le long de la travée de la nef tous les visages étaient tournés vers eux. Ils souriaient, et Mathilde pensa qu'elle faisait là quelque chose qui leur plaisait : elle convolait, s'engageait, montrait sa toilette, elle témoignait que l'on pouvait rêver du bonheur, qu'il restait des hommes valeureux (on en doutait en ces années), elle offrait une fête, promettait des enfants, jurait sa foi. Elle n'était pas une très jolie mariée. Sans doute parce que sa robe la masquait, depuis le bout de ses pieds jusqu'à la finesse du buste et son regard bleu. Mais aussi parce qu'elle dégageait trop de maturité, une impression que n'aurait pas à la même place donnée une jeune fille, avec ce que cela – une jeune fille – comporte d'ignorance, et d'erreurs et d'illusions. Elle avait pourtant tout juste vingt et un ans et jamais n'avait porté les yeux sur un autre qu'Henri. Mais peut-être Mathilde, ayant vu mourir son père, ayant certaines nuits entendu pleurer sa mère, épousant un homme dont la famille avait fondu comme une bougie, avait-elle à la manière de Valentine la gravité de ceux qui, survivant à d'autres, restent incapables d'être entiers, ou aveugles, dans leur joie. Ou seulement, s'étant construite au milieu de ruines, avait-elle acquis une irréductible volonté, une force très apparente qui n'est faite ni de seule détermination, ni de seule douceur, ni d'allant, ni de discernement, ni de prévoyance, seuls, mais de tout cela ensemble, ce qui est beaucoup trop pour réussir une jeune fille blanche et lumineuse qui s'en va se marier. Elle était autre, blanche certes, et lumineuse aussi, et souriante, pas si laide malgré la robe, mais une étrange mariée, vieillie par trop de choses connues.

Et donc ainsi faite, c'est-à-dire écrasée sous son voile, enfermée dans sa robe, accompagnée par son parrain, bien droite, et bonne marcheuse avec ce pas trop énergique pour être élégant, déjà femme sans peur et sans faiblesse, mère par le désir, et presque veuve par le souvenir d'une autre, Mathilde s'avançait vers son époux, qui l'attendait près des larges fauteuils de velours rouge installés au pied de l'autel. Il avait un sourire pincé cet époux, et elle qui était naturelle manqua déjà rire de lui. Elle eut l'envie de lui dire que cet instant était le moins important, le plus facile surtout, qu'après tout resterait à bâtir, ou du moins leur sentiment à ne pas détruire. C'était à cela qu'elle pensait : non pas à cette alliance qu'ils allaient célébrer, mais à celle qu'ils allaient révéler, aux nuits partagées, aux étreintes aujourd'hui imaginaires, aux enfants qui viendraient, aux repas qu'ils prendraient, eux deux indéfiniment face à face, leur corps à corps répété lui aussi, aux femmes qu'il désirerait peut-être et qui ne seraient pas Mathilde, à ce qu'en lui elle n'aimerait pas… Mathilde avait cette clairvoyance, si impensable de la part d'une jeune femme que jamais à personne elle ne l'avait confiée. Mais le prêtre s'avançait vers eux pour les accueillir et les bénir, et Mathilde à qui il venait de faire signe de s'asseoir, tout de même fut émue d'être là maintenant aux côtés de son cousin aimé, pour lui donner sa vie son ventre et sa fidélité.

Et le prêtre parlait, disait que leur amour était beau, leur venait de Dieu, qu'à Lui il devait être consacré. Il leur fallut ensuite le dire à voix haute cet amour, dire qu'ils se voulaient pour époux, qu'ils se juraient mutuelles assistance et fidélité. Mathilde avait peine à parler, à répéter après le prêtre les paroles précises, un serment qu'elle aurait composé autrement. Elle trouvait que les mots avaient plus de niaiserie que ses sentiments pour Henri. Cette scène était impudique, pensa-t-elle, une manière de se mettre soi-même et son secret sous le regard des autres. Elle les sentait autour d'eux comme des voyeurs, de mauvais témoins qui jamais ne pardonnaient un trébuchement, jamais n'effaçaient une chute. Elle avait vu de près, presque de l'intérieur, ce que veuve sa mère était devenue : rien. Et cela à cause de qui ? A cause de ces mêmes qui la regardaient prendre un homme, le seul auquel elle aurait droit (car toujours ils seraient là, ou l'un au moins d'entre eux, pour la surveiller, lui rappeler ce sacrement). Et la voix haute c'était cela, une obligation d'être parmi eux, de dire ce que l'on veut pour ne plus s'en dédire, et de promettre qu'ensuite on ne prendra rien d'autre. Personne n'entendit les mots de Mathilde. Elle les murmura dans un souffle, en baissant des yeux embués parce qu'elle pensait au mariage de ses parents, quand elle-même n'existait pas, un mariage comparable sans doute à celui-ci, elle pensait à ce qu'il en était advenu, à sa mère, délaissée. Mais Henri parla d'une voix claire et distincte, une voix qui la voulait pour femme. Et elle aima cet élan qu'il avait, cette adhésion aux choses du monde dans lequel il se trouvait. Ce fut ce qu'elle suivit, sa conviction de faire bien ce qu'il devait faire, et elle suivit avec l'impression d'être soulevée et prise dans son accord, dans cette rectitude qui n'était pas encore la sienne mais qui l'apaisait.

A la sortie de l'église un cliché montre Valentine au bras de son fils Pierre. Il est maigre et grand (comme il le restera toute sa vie, avec une incroyable élégance). Elle est petite, presque recroquevillée sur la main qui la soutient, et son regard a déjà trouvé sa dureté. Jamais on ne devinerait qu'elle sort du mariage de son fils. On croirait, en feuilletant l'album du mariage, que s'est glissé là un autre cliché, celui de Valentine sortant brisée de l'enterrement d'un des siens. Ce fut pourtant un vrai mariage, avec ce que cela doit comporter, c'est-à-dire une sortie d'église, des cloches qu'on sonne, un bavardage sous le porche avec le prêtre, une séance de pose des jeunes mariés pour le photographe, un vin d'honneur, un déjeuner très long, une nuit de noces, un départ en voyage qui restait une surprise.

Au dessert, dans l'étourdissement des paroles qu'elle n'entendait plus, Valentine pensait à Jules. Mathilde se penchait vers son mari pour lui murmurer quelque chose. Elle avait déjà, dans cette manière nouvelle de poser la main sur l'avant-bras de son époux, le souci de sa propriété et de sa position. Henri était sien. Les enfants d'honneur couraient dans le couloir en hurlant, débraillés, rouges d'excitation, un instant silencieux pour écouter leur mère venue leur demander de se calmer, puis à peine laissés à eux-mêmes, éclatant de rire avec les autres. Enfin on sortit de table. Les hommes dans un coin du salon sirotaient du bout des lèvres des digestifs. Quelques-uns fumaient la pipe. Ils étaient debout, tournant le dos à leurs épouses, parlant entre eux, serrant de leurs mains baguées les petits verres de cristal que l'on avait sortis pour l'occasion. Les femmes conversaient à un autre bout de la pièce, les plus âgées assises dans les bergères qui avaient été disposées en cercle. Mathilde circulait entre les groupes pour distribuer des morceaux de son voile. Elle découpait le tulle en riant et le donnait aux femmes, surtout aux jeunes filles. La coutume voulait que cela portât bonheur, et Mathilde pensait qu'elle éparpillait le sien entre les mains tendues qui, en dépit de tout, constitueraient son univers.

Bien après que la nuit fut pleine, Henri porta Mathilde pour franchir le seuil de leur maison. Il la porta aussi dans le désir. Il l'y déposa délicatement. Sur le lit il tomba contre elle au milieu des baisers qu'elle lui rendait. Il la dévêtit avec lenteur. Pour la première fois il la vit, sa peau mate, ses épaules minces, son ventre lisse. Il la découvrit si belle qu'il se cacha les yeux de ses deux mains, et de derrière ces mains lui jura qu'il l'aimait, elle seule telle qu'elle était et pas autre, et pas un rêve d'elle, et toujours elle. Il jura qu'il était plein de tendresse, de constance, et de joie dans son cœur, mais difficile et tranchant dans sa vie. Mathilde voulait voir son regard quand il parlait. Elle posa les mains de son époux sur sa poitrine. Elle était silencieuse, allongée en travers du lit, le front touchant celui de son époux qui la regardait dans les yeux, au-dessus d'elle. Elle écoutait ses paroles nues, ces aveux, émerveillée par cette transparence qui naissait de sa simple nudité, comme remontée du dedans vers le dehors, échappée de la chair découverte. Et un homme tel que celui-là, tendre et dévoilé, plein de pudeur et d'amour, elle voulait le recevoir, avec lui s'embarquer vers la terre sauvage. La terre des épanchements et des caresses, où l'on s'enlace se tend et s'alanguit, tour à tour. La terre où l'on germe soi-même, sa propre chair de femme enfin convoitée, honorée, fécondée.

Alors Mathilde se déploya comme une corolle, peu à peu s'enflamma, fut une liane autour du corps d'Henri. Il prit garde à elle comme jamais il ne l'avait fait pour une autre. Il était ébloui, et presque surpris par sa beauté. (Car jamais il ne s'était représenté ce corps, ni même qu'elle en avait un.) Il la sentit s'ouvrir sous lui, devenir son amante, son havre, son désir, ses longs bras de jeune fille lisse l'entourant puis se dépliant loin de lui, en un geste alterné d'accueil, de capture et de délassement. Et après ce don, après cette manière douce de se goûter, après cela qu'elle n'avait jamais connu, jamais imaginé, jamais craint, elle s'endormit comme une enfant, elle la jeune fille la moins convenue et la plus éclatante de vitalité. Se disait Henri qui ne parvenait pas à dormir et qui la regardait.

Ils partirent en voyage de noces en Italie. Henri était un touriste attentif qui se souvenait de tout. Mathilde se montrait plus distraite, observant sans cesse l'époux qui lui était dévolu. Le mois de juin était radieux, la chaleur était agréable, Henri portait des pantalons blancs et Mathilde les chapeaux à la mode, de paille tressée, entourés d'un ruban, dont les bords, travaillés vers le bas, dans ce mouvement se repliaient autour de son visage. Elle avait une silhouette élégante de gravure de mode, fine et encore allongée par cette longueur de jupe, à la cheville, ainsi qu'on les portait à ce moment. Il aima se promener avec elle à son bras et reconnaissait là son orgueil, le pire de ses défauts sans doute, mais qui en son épouse trouvait son plus digne objet. A ce bras elle paraissait épanouie, la même personne mais un peu plus faite. D'ailleurs Mathilde elle-même avait conscience du changement. Lorsqu'elle se coiffait, ou plaçait son chapeau en jetant un coup d'œil dans la glace, lorsqu'elle lavait son corps et le séchait et le parfumait, il lui semblait que ses gestes avaient une autre signification. Qu'ils étaient voués à l'amour qu'elle portait, au désir qu'elle inspirait, au regard de son époux.

De retour à Paris ils s'installèrent rue Edmond-About, dans le même immeuble que Gabrielle, l'amie et cousine, mariée depuis quelques mois à Charles Duval. Toutes les nuits Mathilde rêvait qu'elle était grosse d'un enfant de la première étreinte. Endormie, les bras repliés sur sa poitrine, elle vivait une attente imaginaire, guettait un sang qui s'interromprait, enflait comme un fruit et berçait un nouveau-né. Son corps, tout de flux et de métamorphoses, devenait objet de sa rêverie : elle le voyait se transformer sous ses yeux. Souvent son amie Gabrielle figurait dans le rêve, portant l'enfant qu'elle attendait. Puis elles étaient ensemble à rire et babiller avec les poupons. Dans ce sommeil Mathilde souriait. On entendait dans l'ombre de la chambre le léger bruit de succion que faisaient ses lèvres en bougeant. Lorsque Henri ne dormait pas il approchait son visage contre celui de sa femme et la regardait, ainsi partie dans des songes qu'elle ne racontait pas. L'irréductible distance lui apparaissait dans l'une des formes de sa réalité (et il ressentait la frustration de l'amour qui observe cette distance). Au matin, lorsque Mathilde sortait de la nuit, le rêve ayant eu la précision d'une chose vécue, elle cherchait autour d'elle l'enfant qu'elle avait cajolé, une fraction de seconde.

Puis bien sûr elle fut enceinte. Moins de deux mois après le mariage. Henri le voulait sans l'avoir jamais dit, car c'était une évidence. Très au fond de lui il ne faisait pas l'amour mais des enfants. Cela se découvrirait dans l'avenir, et il lui faudrait le payer. Mais en ce début de vie conjugale cela tombait à point : Mathilde était comblée.

Elle trouva le rythme de sa vie : s'occuper de la maison, des repas, des invitations, de l'enfant à venir, de son époux et de ses amies. Henri quant à lui avait repris ses activités, aux Gants Alexandre où il avait la direction générale. L'entreprise périclitait, le propriétaire seul actionnaire renflouait, Henri songeait souvent à ce qu'il ferait ensuite. Il n'était pas plus à court d'idées que de propositions. Mathilde ne l'entendait parler de ses projets que lorsqu'ils dînaient avec Gabrielle et Charles. Mais elle ne s'en plaignait pas, d'ailleurs les deux couples se voyaient tous les jours. Charles était un ingénieur passionné qui installait le téléphone à Paris. Il rêvait avec Henri de ce qu'ils appelaient en riant "la modernité que nous verrons" et de "celle que vivront nos petits-enfants". Alors les jeunes épouses s'exclamaient : laissez-nous le temps, ne soyez pas si pressés ! Car déjà elles étaient placées, par une conscience naturelle des rythmes de genèse et de maturation, au cœur des cycles vitaux et de leur cruel secret, celui de la place qu'il faut céder. Elles bavardaient toutes deux sans se soucier de ce que disaient leurs époux. Eux s'en étonnaient (mais vous vous êtes vues toute la journée !), se demandant ce qu'elles pouvaient avoir encore à se dire, ignorants en somme de ce que réclamait la partie de la vie dont ils ne s'occupaient pas.

Mathilde avait en Gabrielle une véritable amie. Aucune autre ne se pouvait comparer à celle-ci. Et Gabrielle lui rendait dans la même forte proportion cette forme exclusive de lien, tressé depuis l'enfance, et qui avait marqué pour elles deux la découverte d'une douceur à la vie. L'amitié de Mathilde et Gabrielle était née dans un désert, une noirceur chahutée par les larmes et le refus des mères, menacée par le renoncement et la dureté des veuves.

Chacune savait de l'autre des choses que l'on n'évoquait pas. Car leur rencontre s'était nouée sur deux drames : celui des pères décédés jeunes, des frères et sœurs emportés en bas âge, et des femmes restées trop seules. Leurs deux mères qui étaient sœurs, peu à peu dans leur deuil s'étaient rapprochées l'une de l'autre, de plus en plus près, jusqu'à partager le même appartement. Gabrielle et Mathilde étaient pour cette raison aussi intimes que l'on peut le devenir, lorsque la vie commune n'a pas créé l'agacement mais le goût de l'autre, l'habitude de sa présence, et une sorte de familiarité rassurante avec sa teinte personnelle, sa respiration et ses rythmes.

Entre elles le silence, les sourires entendus, les souvenirs communs, toutes ces manières de complicité qu'avait construites leur longue fidélité s'alliaient à une pudeur délicate. Une amie, se disaient-elles, n'est pas le réceptacle des secrets et des plaintes. Aussi se parlaient-elles sans excès, mais partageaient les activités que définissaient leur âge et leur féminité, entretenant ensemble des amitiés plus distantes avec des jeunes filles étrangères à la famille.

Le mariage de Gabrielle, avec un homme que ni l'une ni l'autre ne connaissait, les avait un moment séparées. Mais lorsque à son tour Mathilde épousa

Henri, il se trouva d'autant plus aisé de renouer le lien que les époux s'entendaient à merveille.

Henri et Mathilde voyaient Gabrielle et Charles tous les jours. Habitant le même immeuble, il n'était pas compliqué de monter ou de descendre pour ce rituel quotidien de bavardage. Et cette intimité, pour peu qu'on y prêtât attention, se révélait aussi profonde qu'étrange, en ces temps où la bonne éducation, et le respect des normes qu'elle imposait, avaient vite fait de saborder ce qui n'entrait pas dans les formes canoniques. Plus tard d'ailleurs, les plus critiques auraient soin de rappeler combien extravagantes et exagérées étaient leurs habitudes. Oui, dirait-on, Charles et Gabrielle venaient, après souper, passer un moment chez Mathilde et Henri. Ils sonnaient à la porte d'entrée. L'employée de maison venait ouvrir. Il arrivait que Mathilde et Henri fussent déjà couchés. Alors Gabrielle et Charles s'asseyaient au pied du lit. Et tous les quatre parlaient librement, Mathilde apprêtée pour la nuit, les cheveux dénoués et en chemise de nuit, Henri en robe de chambre, adossé à son oreiller. Personne ne sait aujourd'hui ce qu'ils se disaient alors (ils sont tous morts), s'ils venaient à rire, s'ils étaient graves, mais ils étaient ensemble dans une chambre à coucher, et de leur part, à leur époque, c'était une chose surprenante. Il y aurait d'autres surprises.

Gabrielle mit au monde une fille que l'on prénomma Solange. Naturellement Mathilde fut sa marraine. Tout près de son terme, Mathilde attendait de découvrir l'enfant qu'elle portait et pour ce baptême tenait dans ses bras celui de son amie. Elle se sentait lourde et facilement lasse, mais elle était belle en ces derniers jours de son attente. Son visage avait pris des couleurs de rose et le tour de ses yeux était parfaitement blanc. Les grands sommeils où chaque nuit elle se perdait laissaient sur elle une absence de trace. On se retournait sur l'impression qu'elle donnait d'être pleine de paix. Henri ne manquait pas de voir cette efflorescence. Il était fier au point de ne pouvoir le dissimuler, comme si, avec ce visage de lumière, avec ce corps gonflé, elle avait été son œuvre à lui. Sans cesse il lui embrassait la main, lui caressait la joue, puis glissait son bras autour de la taille épaissie pour la rapprocher de lui, murmurer un mot qui briserait l'irréductible distance (la même toujours, mais qu'il mesurait plus encore dans l'inégal partage de l'enfantement).

Pendant que le prêtre prononçait les mots rituels, les paroles d'accueil et de bénédiction, en même temps que le nouveau-né pleurait, Valentine, qui n'écoutait pas, regardait son fils et le couple qu'il formait avec Mathilde. Leur image la broyait comme un souvenir trop précis et irrattrapable. Elle aurait voulu se faufiler entre eux, se serrer contre eux, frapper d'un peu de folie et de passion l'existence qui lui était maintenant dévolue. Mais il fallait se tenir, pensa-t-elle, et se défaire de cette éducation lui aurait été impossible. Mais bientôt il y aurait un enfant. Valentine en était bouleversée. Elle attendait de retrouver ce poids si léger et si lourd qu'elle avait tenu contre elle, et qui faisait sur le corps un point de chaleur (elle en avait oublié l'exacte sensation). Par moments Henri souriait à sa mère. Tout en lui respirait le contentement de l'instant : il avait sa famille autour de lui, ils baptisaient un enfant, l'enfant était celui de ses plus proches amis. Et sa propre femme était une beauté, une promesse, tout ensemble.

Henri était cependant un époux difficile, du moins difficile à manier. Car il était une âme qui mêlait l'ardeur et la raideur, ce qui lui donnait à la fois des convictions et de l'obstination. A cela s'ajoutait un goût pour la tranquillité qui, si d'aventure on le contrariait, le rendait incivil et même cassant. C'était assez étrange au demeurant. Ce qu'il aimait il l'aimait avec fougue, mais sans devoir l'exprimer : le plaisir d'un livre, une musique qui le troublait, une promenade d'automne, il lui fallait le trouver et le prendre seul. Aucun prétexte ne valait qu'on le dérangeât. Il ne partageait pas. Aux autres il ne reconnaissait pas ce droit, et ce qu'il détestait, en revanche il imposait à tous de le rejeter. Or puisque ce qui le dérangeait se résumait le plus souvent à des faits, des gestes, ou des manières des autres autour de lui, il se montrait exigeant et autoritaire dans la vie quotidienne. Mathilde était par chance une nature souple et bienveillante. Elle savait obéir, ou bien rire de lui et, l'air de rien, faire ce qui lui plaisait. Mais que pensait-elle, de cet homme qui était dans sa vie et de la vie où ils étaient ? Jamais elle n'en parla. Pas même à Gabrielle qui lui avait confié, quant à elle, combien elle aimait Charles, mais aussi quel mérite était le sien.

Le mariage de Charles et Gabrielle n'avait en effet rien eu de commun avec celui de Mathilde et Henri. Ce n'était qu'un mariage arrangé. En ce temps, dans les familles comme les leurs, cette manière de fabriquer des alliances n'étonnait personne. Sauf les époux. Car eux-mêmes vivaient l'étrangeté qui était la leur dans ce contrat. On tâchait bien de les préparer à cette surprise, de les former au devoir : toujours s'efforcer à mieux contrôler ses sentiments, ne pas en avoir s'ils ne sont pas conformes aux projets. Les histoires d'amour commençaient dans la danse, le tulle blanc et les fleurs d'oranger : le jour de la noce et pas avant. Les jeunes gens et les jeunes filles ne se mariaient pas parce qu'ils s'aimaient. On les avait mariés, ils n'avaient qu'à s'en accommoder. Telle était l'expression qu'avait employée Gabrielle pour parler à Mathilde du couple qu'elle formait avec Charles.

Car Gabrielle avait bien joué – et toujours jouerait bien – le rôle qu'on lui avait confié. Elle avait été une mariée somptueuse, une brune au grand front dégagé, entouré des bandeaux de la chevelure lissée. Elle avait souri à un fiancé qui ne desserrait pas les dents, et qui, pas une fois pendant le sermon, ne tourna la tête pour la regarder. A son bras elle avait ouvert le bal de ses noces, tournoyant petite et légère comme si en cet instant elle n'avait pas eu un seul doute, pas une crainte pour son bonheur à venir. Bien qu'il semblât très doux, et clairvoyant, l'époux restait muet. Elle s'était retrouvée seule avec lui dans une chambre, avec lui qui jamais encore n'avait parlé, ni de lui-même, ni de sa vie passée, ni de celle qu'il voulait avec elle, ni de rien de précis et de personnel. Elle savait, pour l'avoir déjà tant de fois entendu, qu'il était très intelligent. Mais ce flamboiement inventif, elle ne l'avait pas éprouvé. Et elle était dans cette chambre le premier soir, avec un époux qui n'avait jamais fait que lui serrer la main. Elle n'avait rien raconté d'autre à Mathilde, rien que cela : nous étions ensemble sans nous connaître. Ensuite elle avait appris, en essayant de se dépêcher, à aimer cet époux. Et elle avait réussi.

Pourtant en un sens (tout dépend certes de ce que l'on attend des autres), Charles n'était pas facile à aimer. Car il parlait si peu que l'on se demandait si les autres dans son monde à lui, ce monde qu'il rêvait, si les autres avaient leur place. Charles était un solitaire, un silencieux, un songeur incorrigible, un amoureux insondable. Lorsque Gabrielle serait grand-mère, elle raconterait à ses belles-filles, peut-être pour leur enseigner l'indulgence, ou simplement pour le plaisir de se souvenir un moment, elle raconterait leurs étranges manières conjugales. Tous les soirs, un peu avant l'heure du dîner, elle commençait à se lever de son ouvrage pour aller dans l'entrée regarder la patère, et savoir ainsi, en apercevant ou non le chapeau et le manteau, si son époux était rentré. Car il ne disait mot : il glissait sa clef dans la serrure, ouvrait la porte sans bruit, déposait ses affaires, et partait dans son bureau sans même saluer Gabrielle. Et puisque des années plus tard, un léger sourire au coin de ses lèvres plissées, elle le dirait encore, c'est que tout de même jamais elle ne trouva cela ordinaire. Elle avait un mari extravagant (elle en parlait de cette façon, oubliant à dessein, car elle ne se plaignait jamais, ce que l'excentricité peut avoir de difficile et d'agaçant).

La première rencontre de Gabrielle et Charles méritait aussi d'être contée, car en un dîner l'affaire fut conclue. La mère de Gabrielle et les parents de Charles l'organisèrent sans émoi. Ils n'en firent pas une cérémonie, ils allèrent de l'avant comme s'il s'agissait d'une chose simple et sans gravité. On offrit à Gabrielle une robe d'étamine couleur de lait. La femme de chambre l'aida à coiffer ses cheveux, en même temps que sa mère donnait les consignes et précisions nécessaires : c'était un jeune polytechnicien de qualité, il convenait de se montrer courtoise. Gabrielle ne soufflait mot. Mais dans cette coquille de silence son cœur battait, roué par les calculs et les projets dont la chorégraphie lui était imposée. Charles Duval entrait dans sa vie. Elle le trouva assez beau, ce qui la rassura un peu : c'était mieux que le contraire.

Ils dînèrent de mets coûteux dont ils parlaient en même temps qu'ils mangeaient. A la fin du repas, après qu'ils furent passés au salon pour le café, on les laissa seuls, Gabrielle et Charles. Ils étaient assis à côté l'un de l'autre sur une de ces banquettes inconfortables où l'on est contraint de se tenir très droit. Charles non seulement ne regardait pas sa voisine, mais donnait l'impression de ne pas sentir sa présence. Il fixait un point au loin qu'elle ne distinguait pas, un premier secret qu'il possédait (mais elle était trop ignorante du genre de relations qu'ont les hommes et les femmes pour penser en ces termes). Gabrielle caressait de la main sa robe d'étamine que décidément elle aimait beaucoup. Puis elle entreprit de parler elle-même. D'une voix qui s'appliquait à être neutre elle demanda : savez-vous pourquoi nous sommes ici ? Il répondit avec une sorte de tranquillité anormale qu'il le savait. Sans tourner la tête, continuant de fixer ce point qu'elle ne voyait pas. Et elle, ne se troublant pas, poursuivit ses questions. Elle demanda, comme s'il ne s'agissait pas d'elle : cela vous convient-il ? Il acquiesça sans plus de bavardage. Et déjà les parents étaient revenus (il y avait un rituel, un temps de solitude à ne pas dépasser). La mère de Gabrielle jetait à sa fille des regards interrogatifs, le couple Duval parlait en se protégeant derrière des façons mondaines.

Quelques mois plus tard Charles et Gabrielle furent mariés par un prêtre qui parlait de leur amour, des enfants qu'ils feraient. Ils furent félicités avec chaleur. On leur souhaita tout le bonheur possible. La mère de Gabrielle embrassa sa fille sur le front avant de la laisser seule avec son époux. Gabrielle avait vingt ans.

Elle eut donc ce mari, Charles. Puis Solange, un énorme bébé, au visage rond comme une lune, enveloppé dans une peau rose et douce. Puis elle fut enceinte à nouveau, et d'autres fois encore, presque sans interruption. En six années elle mit au monde cinq enfants : Solange, Guillaume, François, Clotilde et Yves. Elle aimait Charles d'un amour devenu d'autant plus ardent qu'il n'avait jamais tenté de se dire. Charles était un homme de silence et de secret, qui ne s'étendait pas sur les choses du cœur. Mais tout de même il ne commença pas cette alliance sans parler. Le lendemain de son mariage il confia à son épouse sa manière de voir les choses, une fois pour toutes, et se montra si convaincant dans cette droiture, qu'elle en fit aussitôt la sienne. Charles avait parlé comme jamais un homme n'avait dû le faire à sa femme, pensait Gabrielle. Et en même temps une irrésistible attirance lui venait. Elle était tombée folle amoureuse en quelques minutes. Et lui-même avait su en cet éclair que la nuit prochaine elle l'attendrait.

Il avait dit : Gabrielle, je ne veux pas dire encore je vous aime, mais j'ai la résolution et l'ardeur pour le faire, c'est la seule chose qui compte.

Vous non plus d'ailleurs n'en êtes pas vraiment à l'amour. Car maintenant nous ne sommes que des étrangers l'un à l'autre. Nous apprendrons. Ce n'est pas un paradoxe vous savez. L'amour n'est jamais donné, et si l'on croit cela, il faut s'en détromper. Car lorsque par un heureux hasard il l'est, ce n'est jamais que pendant quelques jours. Quelques jours partagés, quelques contraintes, quelques gênes, qui suffisent à le reprendre pour peu que la volonté ne s'en mêle pas. Gabrielle, j'aurai peut-être une manière de me tenir à table qui vous déplaît, vous n'aimerez pas la campagne et moi je l'adorerai, vous voudrez dix enfants et moi je n'en voudrai pas, vous honorerez Dieu et moi je n'y croirai pas, mille détails d'importance nous menaceront toujours. Il faudra de la volonté. Je n'en manque pas. Je sais (il avait toussé à ce moment) oui je sais que je suis solitaire et silencieux, vous l'avez déjà remarqué je suppose. Et je suis rêveur, comme peu d'hommes le sont je crois, du moins c'est ce que l'on me dit souvent. Je suis peut-être même ennuyeux (il avait ri en disant cela et elle aussi). Mais je me donne du mal pour ce que j'entreprends, et si je fais une promesse, je ne manque jamais de la tenir. Vous verrez, c'est une chose agréable. Je suis curieux du monde et je voudrais vous le montrer. Je me sens même un grand élan pour cela, mais un élan maladroit, car j'ai envie d'aller vers vous et en même temps je n'ose pas. J'aime ce grand front pâle que vous avez, et votre visage qui ne sourit pas beaucoup (il avait rougi en baissant les yeux). Il me semble déjà les voir se pencher sur moi alors que je serais mourant. C'est à quoi je pense quand je pense à vous. Je pense à toute la vie et à la fin de la vie. Je vous aimerai lorsque vous serez moins jolie et moins fraîche, quand les autres yeux qui vous regardent aujourd'hui auront déserté depuis longtemps, je vous aimerai encore parce que j'aurai décidé, des années auparavant, de le faire. Et vous serez à mon chevet pour me fermer les yeux, ou moi je le ferai pour vous. Nous ignorons tout de ces préséances-là, nous ne pouvons qu'y songer, et j'ai toujours préféré l'idée de partir le premier à celle de devoir pleurer. Gabrielle voulez-vous être mon épouse et ma vie ?

Gabrielle n'avait rien dit. Charles voyait ses yeux brillants d'eau, et le sourire embarrassé qui cachait mal sa surprise. Il la trouvait moins belle ainsi, son visage était froissé. A l'un et l'autre ce moment avait suffi. Plus tard Charles mettrait sa clef dans la serrure et s'en irait dans son bureau. Peut-être parce qu'il saurait que Gabrielle, comme lui, avait décidé de l'aimer.

Car l'amour en eux était venu très vite, en même temps le désir, un désir sans réserve, de baisers, d'embrasements, et d'enfants. Gabrielle les portait avec une élégance dont jamais elle ne se défaisait.

Elle avait une distinction naturelle, que l'on ne pouvait rattacher à rien de particulier, mais qui était la première chose que l'on voyait d'elle. Il est vrai qu'elle prenait grand soin de sa toilette. Ses cheveux avaient des manières parfaites d'être roulés, torsadés, parfois nattés, au milieu des peignes, ou sous le chapeau. Elle avait aussi des chevilles fines et une cambrure qui portait joliment les chaussures à talons. Sur les clichés de Gabrielle on admirait toujours ses chevilles et ses souliers dépassant de la jupe longue. Mathilde était plus grande, elle avait une forme d'élégance moins sophistiquée, plus brutale, car elle ne venait pas de l'arrangement du corps mais du corps lui-même. Lorsqu'elles se promenaient ensemble, on les voyait de loin balancer, leurs longues jupes se froissant entre leurs genoux, et Mathilde dépassait Gabrielle, dont on s'apercevait seulement alors qu'elle était petite.

Au printemps, alors que Gabrielle berçait sa fille et venait d'apprendre qu'elle était enceinte à nouveau, Mathilde mit au monde le premier de ses enfants. En une nuit elle découvrit la douleur violente. Elle connut l'envie de hurler, le temps où se domine cette envie, celui où l'on s'y abandonne. Elle souffrit l'épuisement, cette manière inhabituelle qu'a la tête de vous tourner, la conscience de s'estomper dans un brouillard. Elle sut la délivrance, toute l'eau et le sang qu'elle avait dans le corps, et comment elle était capable de fabriquer au-dedans d'elle figure humaine. Au terme de cette naissance, elle sentit qu'elle était née aussi. Elle devina que l'enfant était sa richesse et sa faille. Pendant quelques jours ses pensées ne conçurent que cela : l'enfant la faisait, lui donnait une place dans l'immensité et l'inconnu. Elle embrassa l'avenir avec lui et se découvrit constituée d'une chair prédestinée.

C'était un garçon. Pour faire plaisir à Valentine, Mathilde lui donna le prénom de Jules. Et Jules transforma sa mère : elle devint la gaieté même.

Bien plus tard Jules serait l'aîné de dix enfants. Car pendant les vingt années de son mariage, Mathilde ne cesserait d'être enceinte. Ce qui pour d'autres était un état exceptionnel fut pour elle une disposition permanente. La légende familiale voudrait qu'elle n'ait été belle et jamais si bien portante que lorsqu'elle était enceinte. Mais il y a derrière cette croyance une manière d'oublier qu'elle souffrit dix grossesses et dix accouchements, qu'elle perdit quatre enfants avant terme, et que le nombre de mois où elle fut nourricière excède presque celui où son corps fut vacant.

A peine un an après Jules, Jean vint au monde. Puis, deux ans plus tard, ce fut le tour de Nicolas. Quelques mois après cette naissance Mathilde fit une fausse couche. On crut qu'elle allait mourir, mais elle se remit et l'on se hâta d'oublier ce mauvais moment. Car on croyait qu'à cet enfant Dieu n'avait pas accordé Sa bénédiction, non plus qu'à l'acte qui l'avait conçu. On se contenta de prier : Mathilde fut enceinte à nouveau et accoucha encore d'un garçon, que l'on baptisa André. Jules venait d'avoir six ans. Un an plus tard on versa l'eau bénite sur le front de Joseph.

Mathilde voulait une fille. Elle disait qu'elle ferait des enfants jusqu'à la tenir dans ses bras. Henri ne disait rien. Il n'avait pas l'intention d'interrompre cette somptueuse descendance (c'est un bon début, disait-il à propos de ses cinq garçons). Sa femme se remit à gonfler comme un fruit de l'été. Mais elle perdit l'enfant. Ils étaient en vacances avec Gabrielle et Charles. Ce fut une scène pénible. Mathilde en sortit indemne et pas découragée. Une année après, émerveillée, elle allaitait sa première fille : Louise était le portrait de sa mère.

Elle en eut encore quatre. Elle accoucha d'abord prématurément d'un nouveau-né qui ne vécut pas. Henri était en colère. En vérité il ne savait qui blâmer. C'était un emportement irraisonné, quelques jours plus tard il pria Mathilde de l'excuser, ce qu'elle fit sans perdre son sourire. Pourtant Mathilde comprit ce jour-là quelle folie d'enfanter habitait son époux. Deux ans plus tard naissait Jérôme. Puis Christian, un an après, qui serait toujours considéré comme son jumeau.

L'album de Mathilde et Henri était semé, à espaces réguliers, des photos de naissance. La même scène semblait se reproduire : Mathilde allongée contre des oreillers, souriante et les traits fatigués dans sa chemise de nuit au plastron brodé, tenait un nouveau-né dans ses bras. Mais autour du lit les enfants se multipliaient, envahissaient la chambre de leur mère. Jules Jean André… C'était une guirlande de visages, une farandole immobilisée autour d'un bébé qui, malgré les apparences, n'était jamais le même. L'agitation contenue de ces jeunes enfants transperçait la photographie. On les avait suppliés de rester tranquilles cinq minutes. Et puisqu'on les tenait là, on en profitait pour faire quelques prises en les rangeant par ordre d'âge. La diversité et les ressemblances se mêlaient dans cette chair née des mêmes parents. Ils avaient tous la même voix : puissante. Le même débit : rapide. Car il fallait se faire entendre et se dépêcher de parler. On disait qu'il y avait les blonds qui étaient du côté d'Henri et les bruns qui étaient des Bourgeois. Ils avaient tous les yeux bleus.

Au fil des naissances Mathilde avait changé. Dans la robe de lainage gris aux passements violets qu'on lui voyait toujours, sa silhouette paraissait encore longue. Mais elle ne l'était plus vraiment. Elle s'était élargie sous la taille et son buste s'était creusé. Elle avait souvent les yeux cernés et ses cheveux étaient d'une finesse sans volume. On continuait de dire qu'elle était belle, mais ce n'était pas d'une beauté sans reproche, c'était autrement : par la raison pour laquelle elle l'était moins, cette cour d'enfants tout autour d'elle.

Guy naquit un peu moins de trois ans après Christian. Il fut le huitième et dernier garçon. Pour lui

Henri eut longtemps une préférence (il était le fils qui lui ressemblait le plus). De cette naissance Mathilde releva moins bien. Chaque nuit Henri l'entendait traverser le long couloir vers les chambres des petits. Elle n'allumait pas la lumière et avançait dans l'ombre, encore à demi endormie. Puis elle prenait l'enfant dans ses bras et s'éveillait dans sa chaleur moite et les soins qu'elle prodiguait. Elle ne manquait ni de l'ardeur ni de la douceur qu'il fallait à tous. Certes Jules avait dix-sept ans et Jean seize. Mais les autres réclamaient encore de l'attention. Et les plus jeunes, Jérôme et Christian, étaient très turbulents. Lorsqu'ils restaient silencieux dans la maison Mathilde savait qu'ils mijotaient une bêtise. On les avait vus casser un bidet à coups de marteau, vider un matelas de sa bourre pour y mettre le feu, découper les bouts de toutes leurs chaussettes. A la campagne ils avaient saoulé les poules et fait vêler une vache avant terme à force de la harceler… Ce qu'ils imaginaient faisait rire leur mère. C'était à Henri qu'il incombait de gronder, et d'ailleurs, pensait-elle, c'était une chance qu'il s'en chargeât. Car elle n'aimait pas le faire.

Pourtant, malgré cette immense famille et tandis qu'elle aurait bientôt quarante ans, elle perdit un enfant avant terme. Elle ne devait plus avoir d'enfants, dirait le médecin. Un an plus tard Marie vint au monde. Jules avait vingt ans, il fut son parrain.

Le dimanche ils allaient déjeuner chez Valentine. Henri respectait cette habitude et l'imposa toute sa vie aux enfants qui vivaient sous son toit. La famille au grand complet s'en allait donc rue de Rennes, où logeait cette grand-mère dont les plus grands avaient demandé pourquoi elle était toujours en noir. Mathilde avait parlé du deuil et de l'amour qui jamais ne meurt. Elle savait que sa belle-mère aurait donné la même réponse. Car Valentine, dans le grand appartement qu'elle habitait dorénavant seule, vivait avec Jules son époux. Elle se surprenait à parler, ou bien à penser à propos de quelque chose, il ne faudra pas que j'oublie de le dire à Jules. C'était une manière comme une autre d'être fidèle, à l'infini. Les jeunes couples que ses fils formaient désormais avec de jolies femmes se demandaient en la voyant s'ils sauraient avoir, à la même place, la même pureté. Mathilde quant à elle ne se posait pas la question. Elle vivait dans l'harmonie de cette enfance autour d'elle, qui l'embrassait, s'accrochait à ses jupes, se serrait contre elle avant de s'endormir. Cette rumeur douce la transportait dans son monde plus léger, où le temps et l'avenir ne sont pas mesurés. Une façon particulière de vivre s'ordonnait autour de Mathilde.

3

Tout le monde au lit ! chantait chaque soir Mathilde, dans le couloir qui courait le long des chambres. Encore dix minutes maman ! suppliait un enfant. Non pas tout de suite ! disait un autre. Alors je ne raconterai pas d'histoire, rétorquait Mathilde. Ceux qui veulent une histoire se couchent immédiatement, répétait-elle en passant sa tête aux portes. Elle souriait mais ils savaient qu'elle était inflexible. Ils se couchaient. Elle racontait une, deux, trois, quatre... à chacun sa fable. A chacun son baiser, son code secret vers le sommeil. Puis elle partait retrouver Henri pour dîner, en tête à tête, dans la salle à manger soudain silencieuse. Lorsqu'elle avait éteint les lumières et qu'elle marchait seule, une trace de ses sourires restée sur ses lèvres minces, elle sentait un soulagement. Les enfants ! Dire qu'ils n'oublient jamais rien, qu'ils retiennent un nom, une histoire inventée qu'elle ne se rappelle plus, un gros mot qu'ils répéteront avec délectation, un menu de Noël vieux de trois ans, une promesse faite sans y penser... Parfois elle était épuisée. Dès qu'ils rentraient de classe ils s'agitaient autour d'elle, voyaient tout, voulaient toucher, goûter, essayer. Et bien sûr ils écoutaient, ne manquaient rien, c'est pour cela qu'elle faisait tellement attention à ce qu'elle disait devant eux. Et lorsqu'elle était trop fatiguée pour répondre à leurs sollicitations, ils s'en apercevaient aussitôt.

Henri était déjà à table quand elle arrivait. Ce cérémonial du coucher prenait du temps, elle avait beau se dépêcher, ne pas tolérer de comédie, elle avait toujours l'impression de s'être fait attendre. Mais ce n'était qu'un sentiment car jamais Henri ne se permettait de réflexion. Elle s'installait en face de lui et la cuisinière apportait la soupe. Il conservait ce sourire pincé qu'il avait eu à la messe de leur mariage, tandis qu'elle s'avançait vers l'autel au bras de son parrain. Mais elle était devenue indulgente. Elle n'en riait plus. Non il n'était pas si pincé, pensait-elle, seulement un peu raide, et c'était la petite moustache qui donnait cette impression (elle l'avait compris quand pour une brève période il s'était mis à la raser). Mathilde se laissait tomber sur sa chaise plus qu'elle ne s'asseyait : à ce moment précis elle se délassait. Elle goûtait le silence, tournant sa cuillère dans le potage qui fumait (on entendait le bruit régulier de l'argent contre la porcelaine), et jamais ne commençait la conversation. C'était Henri qui reprenait la même question : avez-vous eu une agréable journée ? Elle essayait de raconter les choses que faisaient ou disaient les petits. Henri souriait. Mais elle voyait bien qu'il ne partageait pas cela. Ou du moins qu'il n'y trouvait pas comme elle un plaisir qui rassasiait de tous les autres. Henri jugeait normal ce que faisaient ou disaient les enfants. Il disait qu'ils grandissaient, qu'ils apprenaient. Il avait toujours un mot de cette sorte pour résumer une histoire qu'elle racontait. Il n'était pas sensible de la même manière qu'elle au contraste entre leurs petits corps, leurs tendres visages, et les phrases qu'ils construisaient, les idées qu'ils étaient capables de formuler. C'était Mathilde qui connaissait la forme de leur corps, l'exacte couleur de leurs cheveux (elle possédait une mèche de chacun de ses enfants), la teinte que prenait le tour de leurs yeux lorsqu'ils étaient fatigués. Ses mains touchaient chaque jour cette peau parfaite qu'ils avaient tous, et souvent, lorsqu'elle voyait Henri qui ne s'émerveillait pas, elle se disait : il ne les touche pas assez. Ils sont chauds et doux comme de la soie. Et pour finir ils seraient grands, et beaucoup moins doux, car l'infinie douceur se perdait peu à peu. On ne pouvait capter l'instant où elle finissait, d'ailleurs elle ne finissait pas toujours complètement, mais c'était une destruction permanente. Mathilde n'en voulait pas à son époux de mal mesurer cette magie vitale, en un sens elle le plaignait, pour rien au monde elle n'aurait échangé sa place contre la sienne. Henri parlait quelquefois de son travail, c'est-à-dire des livres, puisqu'il était désormais dans l'édition. Et Mathilde se disait en elle-même : mais que sont les livres à côté de mes enfants qui me confient des secrets ! Sans interrompre la conversation les époux passaient au salon,

Mathilde replaçait son châle sur ses épaules et glissait son bras sous celui de son mari. Lorsqu'elle était avancée dans une grossesse elle avait une manière plus balancée de marcher, il la sentait lourde à son côté. Certains soirs, parce qu'elle avait été longtemps dehors avec les enfants, elle avait les joues roses et Henri était frappé par cette beauté qui semblait capter et irradier la lumière autour de lui. Il ne manquait jamais de la complimenter et elle souriait comme si cela n'avait plus d'importance. Mais Henri n'ajoutait rien. Il ne disait pas que pour lui cela comptait, qu'elle fût une belle femme. Il restait songeur : elle avait un rayonnement naturel qui l'anéantissait, car c'était ce qu'il n'avait pas. Si elle avait été un homme il aurait voulu ne jamais le rencontrer, ne jamais subir cette grâce.

Tard dans la soirée Henri serait assis devant son métier à tisser. (C'était à cette heure que passaient souvent Gabrielle et Charles.) Car il fit sa vie durant de la tapisserie : d'immenses tapis qui déployaient leurs oiseaux et leurs fleurs sous ses mains soignées, actives et habiles à choisir la laine et reprendre l'aiguille. Des milliers de points continueraient de se déployer sous ces mains inlassables à l'ouvrage, sous ces mains peu à peu couvertes de taches brunes, et plus lentes, et malhabiles et fatiguées. Mathilde se lovait dans une bergère. Elle ne parlait plus à cette heure et avait pris un livre. Mais elle ne lisait pas beaucoup. Chaque phrase l'arrêtait.

Elle lut : "Je n'étais pas encore assez âgé et j'étais resté trop sensible pour avoir renoncé au désir de plaire aux êtres et de les posséder." Elle avait trente ans à peine passés, mais déjà six enfants, et elle se sentait soudain vieille à cause de cette phrase. Elle pensa que prématurément mûrie, elle l'avait toujours été. Alors elle eut un petit rire sonore, et elle dit à Henri, inquiet de ce qui se passait : rien mon ami il ne se passe rien. Henri semblait mécontent. Elle ne chercha pas à l'aider et poursuivit sa lecture. Elle savait qu'un rien suffisait certains soirs à le froisser et que la discussion, pour peu qu'on l'entamât, était éprouvante. Henri voyait son profil immobile et que son chignon perdait des mèches. Lorsqu'elle était occupée, ou distraite, souvent il l'observait. Il se sentait irrésistiblement attiré par elle et, dans ce désir, dominé par sa beauté, par son silence (elle n'avait jamais besoin, semblait-il, comme lui de façon urgente quelquefois l'avait, de lui parler, de se confier). Elle était délicieuse ! pensa-t-il en souriant de contentement. C'était une femme de caractère qui avait su s'habituer aux innombrables défauts qu'il avait. Il avait ces défauts, il le savait, mais jamais n'en serait convenu avec personne, et surtout pas Mathilde. C'était pour cette raison qu'elle ne cherchait plus jamais à débattre avec lui, il l'avait remarqué. Il la regardait. Il avait une terrible envie qu'elle arrête de lire de cette manière sans s'occuper de lui (il était un despote). Elle leva les yeux et sourit en voyant l'air étrange de son mari qui la fixait. Je crois que je suis trop fatiguée pour lire, dit-elle en se levant. Puis elle partit dans sa chambre en tenant contre son flanc le livre des jeunes filles en fleurs. Henri la regardait marcher : ses jambes bousculaient le tissu abondant de la jupe (on les portait larges) et il aimait là sans le savoir le froissement soyeux des robes de Valentine. Il apercevait les mèches folles caresser la nuque, la blouse qui moulait le dos cambré. Quelques minutes plus tard il délaisserait sa tapisserie pour la rejoindre et l'étreindre. Il avait le cœur battant d'amour et de désir. Mathilde était bienveillante et douce, qui avait allumé les lumières de la chambre. Elles filtraient sous la porte, cisaillaient au ras du sol l'ombre du couloir. Il n'y avait pas un bruit. Les enfants dormaient.

Mathilde était une égérie qui mêlait, d'une indécelable manière, l'ordre et la bohème. Il y avait le jour de la lessive, celui des corvées de raccommodage, les après-midi de couture ou de tricot, et le jour des visites. Mathilde recevait le mardi et Gabrielle le lendemain. Elles se voyaient tous les jours, passaient des heures ensemble à tricoter – car le plus clair de leur temps était occupé à confectionner des vêtements aux enfants. Joseph ! appelait Mathilde (ou bien c'était André ! ou Nicolas…), voulez-vous venir ici un instant ? Tenez-vous droit que je mesure votre jambe. Elle approchait du mollet une épaisse chaussette à côtes qui pendait sous quatre aiguilles. Arrêtez de bouger ! C'est fini vous pouvez y aller, disait-elle en soupirant. Puis se tournant vers Gabrielle : il a le diable au corps toute la journée et le soir il n'est même pas fatigué ! Mais vous avez l'air fatiguée Mathilde, allez-vous bien ? Oui je vais très bien ! dirait Mathilde. A chaque grossesse Gabrielle était soucieuse pour son amie et à la dernière ce souci deviendrait une angoisse. Une grossesse de plus risquait d'être fatale, avait dit le médecin. Et que deviendrait-elle si Mathilde n'était plus à ses côtés ?

Elles se retrouvaient chez Mathilde. Elles écoutaient de la musique. Gabrielle n'aimait rien tant que Mozart. Encore ! s'exclamait Mathilde en riant. Malgré cet immuable agencement des jours, qui donnait une impression d'accélération du temps (les années passaient uniformément, sans qu'on les distinguât les unes des autres quand elles étaient achevées), Mathilde gardait dans son allure, dans ses soudaines agitations, une plaisante fantaisie. Elle était capable de poser son tricot et de mettre le gramophone à tue-tête, puis de danser au milieu du salon pour faire rire Gabrielle. Elle avait le goût des moments et des choses. Et elle aimait Gabrielle, ses silences, ses rares confidences, sa manière très réservée de rire. Lorsqu'elle ouvrait sa porte, au début de l'après-midi, elle s'extasiait : vous êtes jolie dans cette robe ! disait-elle en regardant son amie de bas en haut. Elle demandait : c'est encore une œuvre de Mme Allais ? (C'était la couturière qu'elles partageaient.) Il faudrait que j'aille la voir, mais je suis moins coquette que vous ! Gabrielle lui prenait le bras en l'entraînant vers le salon. Vous n'en avez pas besoin, lui soufflait-elle. Avec cette taille ce n'est pas très facile, disait Mathilde en riant. Car les grossesses compliquaient l'habillement et elle portait toujours la même robe grise, ample, confortable, pas laide mais la même. Et dans cette robe elle s'alourdissait d'un nouvel enfant, seule et chaude, à se dire que la chair, malgré tout, est douce à vivre.

Elles bavardaient sans se regarder, absorbées par leur ouvrage, dans le cliquetis que faisaient entre leurs mains les aiguilles. Gabrielle travaillait moins vite que Mathilde. Si vous voyiez à quelle vitesse tricote Valentine ! se défendait Mathilde. Mais elle fait tout très vite ! disait Gabrielle. Cette génération au-dessus d'elles les occupait beaucoup.

Au milieu de ses petits-enfants qui se multipliaient, Valentine vivait ces jours comme une trêve. Chacun après l'autre avait restauré un peu de la tendresse qu'elle avait en elle. Et elle s'étonnait parfois de ces rires, tant habituée aux coups du sort qu'elle ne pouvait croire à une aussi longue rémission. La famille préparait en secret une fête pour ses soixante ans. Les petits lui firent la confidence interdite. Elle en garda le secret avec eux, comme elle tenait en elle d'autres silences, qui ceux-là ne la faisaient pas sourire. Le dernier tracé de la vie n'était pas facile. Cela manquait de promesses, de serments et d'émois. Sa tâche venait à finir. Ses trois fils étaient pères de famille. Margot avait prononcé ses vœux définitifs. Il lui restait à donner quelques douceurs à ses petits-enfants, qu'ils aient le souvenir des gâteries de leur grand-mère. Puis elle s'en irait rejoindre Jules, étreindre son visage de cendres, lui dire son amour qui n'avait cessé de croître et s'étendre en elle, jusqu'au bout de ses doigts tremblants. Elle n'avait plus de hâte, et d'ailleurs l'âge avait ralenti ses gestes. Elle était indifférente à l'idée de quitter ce monde comme à celle d'y demeurer encore un moment. Mathilde savait que l'élan avait déserté Valentine et s'en désolait. Elles parlaient ensemble. Valentine lui disait : vous verrez ma chère, lorsque vous aurez mon âge et que peut-être vous serez veuve, ce que je ne vous souhaite pas, vous commencerez à me comprendre.

Gabrielle parlait à Mathilde, le regard traînant dans le vide.

Je n'ai jamais oublié ce matin où ma mère apprit que désormais elle serait sans mari pour l'accompagner dans le monde. On ne m'avait rien expliqué, disait Gabrielle, mais j'avais compris, et j'errais d'une pièce à l'autre, m'approchant puis me séparant de ma mère. Je n'avais pas encore réalisé que je ne reverrais plus mon père, et c'était le chagrin de ma mère qui m'atteignait. Les enfants n'oublient rien Mathilde, il faut nous en souvenir sans cesse, tout s'enfouit mais tout est là. A cause de cela il n'est rien que je déteste davantage que la fin des choses. Son idée même. (Mathilde acquiesça avec douceur.) Parfois je n'ai pas devant moi des personnes mais les défunts qu'ils feront, couchés dans leur cercueil, le visage clos, inaccessible. Ces images sont là, je les vois. Comment Valentine a-t-elle fait pour résister à ses deuils ? Jamais je n'aurais eu sa force. Je crois que je serai détruite par le premier que j'aime qui mourra. Et en disant cela elle caressait le tissu satiné de sa jupe qui, tendu par les genoux, brillait plus que le reste de l'étoffe. Je ne crois pas, murmura Mathilde sans insister.

A ce moment Mathilde n'avait encore que ses cinq garçons. Jules, Jean, Nicolas, André et Joseph étaient de beaux enfants, dont elle était constamment complimentée. Gabrielle en avait le même nombre. Solange, Guillaume, François, Clotilde, et Yves encore dans les langes. Ils étaient superbes aussi mais on ne le lui disait presque jamais. Elle avait une manière moins éclatante de les tenir autour d'elle. Gabrielle avait un époux qui n'aurait pas aimé les fous rires et ses enfants étaient d'une sagesse qui finissait par inquiéter.

Et maintenant Gabrielle semblait épuisée. Son fils François était fiévreux. En la quittant Mathilde l'embrassa (ce qu'elle ne faisait jamais car elles se voyaient sans cesse). Elle savait qu'un enfant malade vous ronge d'une étrange manière. Je viendrai prendre de ses nouvelles demain, dit-elle à Gabrielle. Le lendemain matin l'enfant était mort.

Toute la nuit Gabrielle l'avait tenu dans ses bras sans savoir. Par moments elle essayait de l'allonger dans son lit, mais aussitôt il se mettait à geindre et elle recommençait à le bercer contre elle. Il tremblait et dans le même instant ce tremblement se communiquait à elle, lui parcourait la surface du corps, comme si sa peau n'était que la continuation de celle de l'enfant. Et l'enfant s'accrochait à elle dans un élan éperdu pour retrouver les territoires de la douceur. Puis il fut si brûlant qu'elle le mit nu. Elle n'avait pas cessé de le tenir contre elle. Elle passait et repassait ses mains sur lui, tantôt le massant, tantôt le caressant. Elle séchait son crâne trempé où les cheveux s'étaient collés. Mais il semblait n'être plus atteint par rien, moite et agité, tout raide entre ses mains. Elle voyait son ventre se contracter, devenir semblable à un petit ballon très dur, et ses tempes battre comme des membranes prêtes à éclater. La lumière de la lampe de chevet faisait briller la peau couverte d'eau, les ailes de son nez étaient tachetées de minuscules perles de sueur et palpitaient plus vite pendant qu'il cherchait de l'air. Son visage se modifiait à une vitesse incroyable, s'émaciait au fil des heures, semblait blanchir et verdir à la fois. A la fin, alors que l'aube pointait sa lumière mauve derrière la vitre (elle n'avait pas fermé les volets), il prit ce ton pâle de lichen pourrissant, une horrible couleur de cire et de mort qui fit affluer les larmes sur le visage de Gabrielle. Jamais elle n'avait vu une teinte pareille, et elle sut que la mort venait lui prendre son fils. Elle posa le petit garçon sur le lit et s'en alla se rafraîchir. Elle regardait dans la glace son visage se décomposer. C'était un étrange sentiment de se faire pleurer en se regardant pleurer, car c'était cela qu'elle fit, exactement, comme une qui a perdu sa raison.

Puis elle retourna dans la chambre de son fils et se coucha dans son odeur, contre lui qui ne bougeait plus. Elle l'entendait respirer, d'interminables inspirations. Elle avait collé son front au dos de l'enfant. Elle resta ainsi tout le temps que l'aube prit pour devenir le plein jour, et tandis que la lumière dehors s'était épanouie, elle le sentit soudain immobile et pesant. Elle sut que bientôt on le lui prendrait, car il ne serait plus que ce qu'il faut rendre.

Tout ce qu'elle fit après, elle le fit du dehors. Et toute chose qu'elle faisait ainsi, du dehors, lui réclamait le temps sans limites de son inattention : elle se brossait sans fin les cheveux, elle prenait un bain sans songer à en sortir, elle couchait ses enfants et restait debout contre une des portes, elle imaginait les menus des repas en suspendant son crayon indéfiniment au-dessus du papier, sans cesser d'être dans un autre espace, de cendres et de misère.

Et puis cela cessa. Brusquement elle les vit autour d'elle : ses enfants. Elle pensa qu'ils s'en souviendraient toute leur vie : leur mère enfermée dans sa douleur, jamais ils ne l'oublieraient. Dans un coin d'elle-même il y avait cette inconcevable offense, ce trou noir et verdâtre, ce souvenir épuisant et la mer de ses larmes, mais elle pouvait désormais refermer la trappe qui y menait.

Elle se redressa, plus droite qu'elle ne l'avait été par le passé. Et lorsqu'elle se baissait vers un de ces enfants, c'était avec une grâce frémissante de sa blessure. Ses robes abandonnèrent les teintes gaies des jaunes ou des roses et des bleus qu'elle avait portés, pour choisir la lignée des gris qu'elle assemblait avec le noir ou le blanc. Mais elle n'avait rien perdu de son raffinement et l'on vantait encore son élégance, Mathilde la première dont les compliments faisaient plaisir. La vie reprend, disait Gabrielle. Mais l'altération est éternelle, dirait-elle à une jeune belle fille. Elle dirait : voyez-vous on ne s'en remet jamais. On fait semblant de vivre, on croit même que l'on y parvient, mais quelque chose est brisé. Après la mort de mon enfant j'ai toujours été un peu en retrait. (Elle le croyait mais ce n'était pas vrai.)

Un an plus tard Margot mourut dans sa cellule de la même fièvre méningée qui avait emporté François. Une novice était auprès d'elle, qui avait choisi cette épreuve. A Margot qui lui avait donné sa jeunesse et sa vie, Dieu ne laissa pas le temps de revoir sa mère.

Valentine avait engendré huit enfants et venait d'enterrer le cinquième. Au cimetière elle regardait leurs visages figés sur les clichés ovales qui déjà jaunissaient. Le silence était troublé par le bruit singulier des automobiles, les premières. Elles traversaient la ville à des vitesses vertigineuses. Les rues étaient dangereuses. Le monde ne finissait jamais de s'emplir de périls, songeait Valentine. Il fallait s'empêcher de le penser. C'est pourquoi Valentine aimait tellement la compagnie de Mathilde. Mathilde n'était que promesses et projets, contre le grand courant qui faisait du monde un désert. Elle peuplait la terre à elle seule.

L'été suivant ils allèrent en vacances à Soustons. Gabrielle regardait Charles se baigner. Il fendait l'Océan. Elle savait qu'il aimait la nage et l'eau, et ce pays du Sud-Ouest où les pins balancent leurs longues silhouettes déplumées et craquent sous le soleil. Mathilde et Henri n'allaient pas à la plage. Les enfants avaient des costumes marins bleu marine, avec des cols blancs rectangulaires. Les grands faisaient la grimace dès que leurs mères avaient le dos tourné : on ressemble à des filles là-dedans ! disait Jean. Il n'y avait qu'eux pour accepter de porter ces horreurs, ajoutait Jules avec une sorte d'indulgence pour ses parents. Gabrielle les surveillait. Ainsi vêtus, tous semblables, elle les reconnaissait facilement sur la plage. Mais dans les creux et l'écume des vagues elle ne repérait pas aussi bien son époux. Gabrielle était inquiète chaque fois qu'il se baignait. Contre les bahines, ces vastes courants circulaires, aucun nageur n'aurait su gagner. Elles vous emportaient, loin de la terre et des vôtres qui vous attendaient sur le sable. D'ailleurs il fallait surtout se laisser entraîner. Attendre d'être sorti de la bahine pour nager vers la rive sans s'épuiser comme on risquait sinon de le faire. Mais parfois, disait-on, il y avait des lames de fond, des tourbillons plus impitoyables encore. L'eau vous aspirait jusqu'à l'écorce de la planète, et contre une telle puissance il n'y avait rien à faire. Comment peut-on se baigner dans ces conditions ? s'était demandé Gabrielle. Mais Charles disait qu'il ne fallait pas y penser : c'est très rare, on le voit une fois par siècle et on en fait des légendes. Que les hommes peuvent être bêtes parfois ! pensait-elle, les femmes n'ont pas cette inconscience stupide, ou cet égoïsme. Elles savent que l'on a besoin d'elles.

Et maintenant les yeux de Gabrielle parcouraient la mer en tous sens. Il n'y avait pas de repère, elle allait d'un bout de l'horizon à l'autre. La mer était sans limites, une gigantesque masse d'eau grise et mouvante contre le ciel. En face de la mer Gabrielle se sentait occupée, comme auprès d'une personne. Elle se leva et sortit de la tente ouverte en arc de cercle sous laquelle elle était assise. Alors elle l'aperçut. Très loin elle le distinguait qui s'agitait. Etait-ce sa nage ? Elle mit quelques secondes à comprendre qu'une chose anormale se passait là-bas. Mais elle voyait mal et la plage était déserte.

Gabrielle ne savait pas nager. Elle regarda son époux se noyer au large. Elle y fut contrainte. Elle était seule avec les enfants sur cette immense plage.

Tendue, dressée comme un animal aux aguets, sur le point de hurler, de courir, elle chercha des yeux une aide, mais il n'y avait que des kilomètres de sable doré sans âme qui vive. Les enfants jouaient à quelques mètres de l'endroit où elle se tenait, debout et pétrifiée, son regard accroché à la mer. Elle resta muette, au bord des larmes. Surtout qu'ils ne voient pas cela ! Qu'ils n'imaginent jamais pour leur père cette manière-là de mourir. (Elle attendit des années avant de leur dire la vérité.) Elle crut un instant que Charles revenait et qu'elle avait inventé tout cela qui se passait. Elle ne sut pas clairement qu'il se noyait avant de ne plus le voir du tout. Car soudain elle ne distingua plus rien. Seulement la mer à perte de vue, son halètement froissé, inlassable, qu'elle entendit pendant des jours et des jours, la nuit, les yeux ouverts sur l'ombre à voir le visage de Charles. C'était un très bon nageur, dirait-on à voix basse en parlant de ce malheur. C'est toujours le cas, ce sont les bons nageurs qui se noient, répondrait à cela quelqu'un. Elle l'a vu, on dit qu'elle l'a vu se noyer sous ses yeux. Du moins elle n'aura pas de problèmes d'argent, dirait une femme. Son père était le plus grand architecte de Paris… Il a construit tout le seizième arrondissement. On dit que la famille est à l'abri du besoin ! Gabrielle fut un moment la veuve dont on parlait. Puis elle fut tout simplement veuve.

4

Donc Gabrielle vécut ce qu'elle avait craint, la séparation et la perte. Puis, ce qui prenait plus de temps, la solitude du veuvage. Non seulement elle avait perdu son époux, mais elle avait perdu sa vie : elle fut exclue de la société où, au bras de Charles, elle avait été reçue autrefois. Ainsi en allait-il de la règle envers les veuves, on ne les invitait plus. D'elles on se méfiait, comme on se méfie toujours un peu des femmes seules dans leur lit. Gabrielle était de surcroît séduisante. Les cellules matrimoniales se défendaient. Jamais pourtant elle ne pensa se remarier. Mais elle fut courtisée en secret, reçut des roses par brassées, quelques confiseries fines, et les discrètes visites de deux veufs, et d'un célibataire qui l'aimait depuis le temps où elle était jeune fille. Elle ne donna d'espérances à personne et, sans heurt, finit par éconduire les prétendants, ne faisant de confidences qu'à Mathilde. Qui aurait pu tenir la place de Charles ? C'était à quoi elle revenait toujours. Et cependant, peu à peu, la chose la plus étonnante, la plus incongrue qu'elle pût imaginer, se produisit.

Elle vivait alors dans la pensée de Charles. Elle avait toujours su qu'ils seraient séparés. Elle avait deviné l'avenir : les uns morts, les autres brisés. Elle n'avait pas oublié de l'avoir toujours à l'esprit. C'est pour cela qu'ils ne s'étaient jamais quittés, Charles et elle. Jamais plus longtemps qu'une journée de travail de Charles. Gabrielle pensait qu'il fallait se conduire ainsi. Au moins vivre ensemble. Combien d'heures avaient-ils respiré dans le même lit, si près l'un de l'autre qu'elle sentait sa chaleur qui se diffusait jusqu'à elle ? Ils n'avaient pas passé une seule nuit éloignés l'un de l'autre. Des centaines et des centaines de nuits côte à côte. A cette idée Gabrielle pleurait. Dormir seule, cela faisait si longtemps, elle en avait oublié le goût de mort et d'abandon. Mais du moins avait-elle compris tôt qu'il fallait briller contre l'ombre et le froid et la dissolution qui étaient promis. Elle devait retrouver cette attention avec ses enfants. Une mère blessée, se disait-elle, c'était la pire chose qui pouvait leur venir. Et elle aurait voulu être présente. Mais même auprès d'eux une sorte de pellicule la séparait, elle était dans ses images.

Dans le salon de Mathilde et Henri, Gabrielle passait les longues heures de la soirée à faire semblant de lire, tandis que Mathilde tricotait et qu'Henri travaillait à un tapis. Quitter cette chaleur de couple était difficile. Jamais Henri ou Mathilde ne la pressaient. Pas une fois ils n'eurent un geste l'invitant à retourner chez elle. Parfois Mathilde allait se coucher (elle accoucherait prochainement de Louise et elle était fatiguée) mais elle insistait pour qu'ils restent encore et ne s'occupent pas d'elle. Henri se levait pour l'embrasser, puis revenait à son métier. Il ne faisait plus rien, préoccupé par Gabrielle. Ils évoquaient Charles. Mais Gabrielle se mettait à pleurer. Henri la prenait contre lui et lui parlait doucement.

Rien n'était aussi doux que s'appuyer contre lui et entendre sa voix se feutrer au fur et à mesure qu'elle pleurait. Elle aimait aussi la manière qu'il avait d'être auprès de son épouse. Elle les regardait tous les deux, guettant les signes imperceptibles de leur intimité. Car elle savait qu'ils conservaient une retenue devant elle, s'appliquant à ne pas la blesser en lui donnant à voir ce qu'elle avait perdu. Quelle délicatesse ! se disait Gabrielle, et elle sentait monter une bouffée de tendresse pour eux deux. C'est pourquoi d'abord elle ne le crut pas : non ce n'était pas de l'amour. Et pourtant l'inconcevable devint une évidence : elle aimait Henri.

"Alors il devint un petit poussin très obéissant" termina Gabrielle en se penchant vers sa fille pour lui souhaiter bonne nuit. Clotilde montrait sa tempe du doigt. Gabrielle déposa le baiser à cet endroit que l'enfant désignait. Bonne nuit, dit-elle. Au revoir, à demain, débita la petite fille mécaniquement : c'était ce qu'elle disait tous les soirs à sa mère. A demain, murmura Gabrielle. Elle était maintenant émue par le coucher des petits. Ils se couchaient sans pleurer ni appeler. Ils avaient été très bien élevés, Charles et elle avaient été des parents sévères. Il faut qu'ils sachent que la vie n'est pas toujours douce, disait Charles. Et, lorsqu'ils étaient ensemble, par exemple pendant les vacances, Henri renchérissait, ils étaient parfaitement d'accord sur ce point. Comme sur beaucoup d'autres, pensa Gabrielle. Sur quoi en fait n'étaient-ils pas d'accord ? Elle ne trouva rien. Ils étaient d'accord sur tout. Comme c'était étrange ! Et maintenant elle aimait Henri. Pas étonnant, pensa-t-elle. Ils étaient pareillement durs, un peu rigides. Henri était incapable de ne pas dire la vérité à un enfant sous le prétexte d'embellir sa vie. Gabrielle songeait à leur discussion de la veille. Mathilde disait à André : oui, peut-être, peut-être un jour nous en aurons un (André voulait un chien), nous verrons, mais pour l'instant tu es trop petit. Et Henri était intervenu (n'avait pu s'empêcher de s'en mêler, dirait Mathilde) : nous n'aurons pas de chien, votre mère a assez de travail avec vous tous ! André s'était mis à pleurer et Mathilde l'avait emmené dans sa chambre avec emportement pour le consoler seule. Elle était revenue mécontente. Gabrielle ne disait rien. Ils doivent savoir que l'on n'a pas tout ce qu'on veut tout de suite ! dit aussitôt Henri. Mathilde n'aimait pas qu'Henri se montrât si cassant. On peut aussi le laisser rêver, dit-elle en démêlant un nœud de laine avec ses ongles. Henri ne répondit même pas : ses enfants devaient déjà savoir faire des efforts, comprendre que tout n'est pas agréable, il l'avait mille fois dit et il se moquait de l'argument de Mathilde, ils sont encore petits ! Qu'est-ce que cela voulait dire ? Mathilde se leva pour aller dans sa chambre. Gabrielle un peu troublée dit : je vais aller me coucher aussi. Mais elle le fit à contrecœur. Elle n'aimait pas qu'ils se chamaillent ainsi. D'ailleurs cela n'arrivait pas souvent. On sentait que Mathilde évitait, qu'elle fuyait et qu'Henri enrageait, car il gagnait mais sans gagner vraiment : sans la convaincre.

Pas un jour ne passait sans qu'ils se voient tous les trois. Lorsqu'ils invitaient Valentine à dîner, ils étaient encore ensemble. Mais ils parlaient de choses différentes, ils parlaient beaucoup des enfants. Valentine venait tôt pour jouer avec eux. Puis Mathilde les couchait et Valentine soulignait les changements. Elle remarquait des détails qu'ils ne percevaient pas. La vitesse à laquelle cela passe ! soupirait-elle pour elle-même. Ils acquiesçaient. Mais seule Gabrielle savait ce que cela signifiait. Mathilde et Henri vivaient sur un nuage, pensait-elle : sept enfants en pleine santé, une sorte de prospérité dans tout ce qu'Henri entreprenait (il avait le sens des affaires) et toujours un bébé à venir. Gabrielle se sentait sur une autre planète, passée de l'autre côté, beaucoup plus âgée qu'ils ne l'étaient, âgée de deux chagrins de plus. Elle regardait Henri. Il eut un sourire, avec beaucoup de rêverie dans la tête. Ce dîner lui rappelait ses fiançailles : lui, un peu plus jeune, entouré de femmes. Des femmes et des femmes, partout. Il les voyait ensemble, une entité, un principe, une énergie : les femmes ! Et il les regardait, Mathilde, Gabrielle, Valentine. Il vit que Valentine ce jour-là était triste. Elle n'allait jamais bien en janvier (c'était le mois de la mort de Jules). Mathilde avait l'air fatiguée. Le tour de ses yeux était jaune et la peau paraissait fine, parcheminée (il pouvait imaginer le visage qu'elle aurait lorsqu'elle serait vieille). Comme Gabrielle était jolie ! pensa-t-il, elle avait un front immense et lisse, jamais il n'avait remarqué qu'elle avait ce beau front. Il sourit tendrement à sa femme, puis à Gabrielle.

Henri souriait à Gabrielle. Il lui parlait. Là, tandis qu'ils déjeunaient, elle était si proche de lui qu'elle entendait le bruit un peu fort de sa respiration (il était asthmatique). Elle songeait quelquefois qu'elle le voyait chaque jour. Elle était assurée de le voir. Dès que son esprit était libre, c'était à Henri qu'elle pensait (c'était devenu sa seule façon de ne pas penser à Charles). Elle était heureuse parce qu'elle le verrait et qu'il se montrerait attentionné. Et Mathilde avec lui, qui avait le sourire, même lorsqu'elle n'en pouvait plus de porter ses enfants.

Gabrielle ne cherchait pas à détruire ce qui la sauvait. Elle s'assurait que rien ne fût apparent. Et toujours elle offrait à voir cette perfection de sa toilette. Mathilde la complimentait, la serrait dans ses bras lorsqu'elle arrivait. Henri se levait de son métier à tisser pour la saluer. Il était d'une politesse infinie. Puis ils prenaient leurs places au salon. Mathilde tricotait. Seule changeait régulièrement la couleur du chandail. Henri faisait sa tapisserie tout en parlant un peu des éditions. Les livres scolaires avaient bien marché cette année, disait-il en fouillant dans son panier de laines. Il parlait à l'intention de Mathilde et de Gabrielle, des propos qui n'étaient ni mondains ni intimes. Il y avait un ton particulier, un climat de bavardage entre proches, mais on imaginait une autre tournure à ses conversations avec son épouse. On le sentait habitué à se tenir entre ces deux femmes. Il avait sa petite cour, et son idée sur ce que cette petite cour était. Alors il disait les choses d'une voix assurée, comme s'il savait qu'elles ne connaissaient pas suffisamment ses domaines pour le contrer. Mathilde tout de même se moquait : que vous êtes sérieux ! Gabrielle les couvait des yeux. Jamais elle n'aurait contredit Henri.

Filez maintenant ! Filez vite ! dit Mathilde à ses enfants qui étaient agglutinés autour du lit où elle était à demi allongée. Elle tenait dans ses bras Jérôme qui avait à peine quatre jours. Ils disent tellement de bêtises ! Elle embrassa le nouveau-né sur le front et le regarda avec l'air de songer qu'il deviendrait pareil à ces garçons fluets qui sortaient de la chambre en ricanant. Gabrielle arrangeait des petites roses dans un vase. Mathilde déplaça son oreiller. Elle était dévastée, d'une pâleur grise qui aurait été inquiétante si elle n'avait eu ces sourires, fatigués certes, mais des sourires tout de même. Ce qui laissait penser qu'elle était heureuse et peut-être même reposée. Mais elle se tortillait sans arrêt, disait qu'elle avait mal au dos et ne trouvait pas comment s'installer. Gabrielle songeait à ce corps méconnaissable et blessé des nouvelles mères. Mais toutes deux venaient rarement jusqu'à parler de cette machine de chair et de sang qui causait beaucoup de douleurs. Une fois Mathilde avait parlé : le médecin est inquiet, avait-elle confié. Et Gabrielle n'avait pas pu répondre tant cet aveu la transperçait. Etait-il possible de faire tant d'enfants sans danger ? s'interrogeait-elle. Elle essayerait de parler à Henri. Car dans son esprit c'était Henri qui ne s'arrêtait pas de procréer. Il était le seul responsable.

Henri venait dans la chambre de sa femme dès qu'il rentrait des éditions. Il s'asseyait sur le lit et lui caressait la joue. Il regardait Mathilde plus que l'enfant qui dormait. Mathilde s'émerveillait intérieurement de l'ange qu'elle berçait, de ses sourcils comme des ailes pâles et de la courbure des paupières refermées. Il sentait le savon doux et elle posait son nez sur le crâne sans cheveux, ne pensant à rien d'autre qu'à cette douceur du crâne au bout de son nez. Henri ne restait pas longtemps (il voyait bien que sa femme était absente). Avec une hâte distraite il embrassait Mathilde sur le front et repartait dans son bureau. Les nourrissons intéressent rarement les hommes, pensait Mathilde en regardant partir son époux.

Tous s'étaient habitués, autour de Mathilde, à ne la voir qu'enceinte. Elle-même semblait indifférente à cet état, du moins dans ce qu'il peut comporter de lourdeur et de disgrâce, et elle était toujours semblable à ce qu'ils attendaient : forte et illuminée par son sourire même lorsque le masque de grossesse achevait d'emporter son visage. Au fil des enfants Henri s'était montré moins prévenant, comme si tout n'était que normal, la nature en somme qui faisait son œuvre, et Dieu qui les protégeait. Moins de six mois après la naissance de Jérôme, son épouse attendait un huitième enfant, et Henri était à ce point d'habitude où il oubliait de le mentionner à qui demandait des nouvelles de Mathilde. Pourquoi maman a toujours un gros ventre et pas Tante Gaby ? (c'était ainsi qu'ils appelaient Gabrielle) demandaient les enfants à leur père. Parce que papa et maman aiment beaucoup les enfants, répondait Henri. Et Tante Gaby n'aime pas les enfants ? demanda Louise qui avait la logique parfaite de son âge. Si, elle les aime beaucoup. Mais cllc n'a plus son mari, disait Henri, tu sais bien. Oui il est mort ! dit aussitôt Louise. Elle avait une petite voix haut perchée qui était irrésistible, une vraie voix de fille, disait son père. Henri se baissa pour embrasser sa fille. Elle se tortilla en éclatant de rire parce que les moustaches la chatouillaient et il eut un sourire en la regardant. Le portrait de sa mère, pensa-t-il, c'est le portrait de sa mère ! Allez va goûter maintenant, lui dit-il. J'ai déjà goûté ! s'exclama l'enfant sentant qu'on se débarrassait d'elle. Alors va jouer dans ta chambre. Non je veux rester ici ! protesta-t-elle. Mais Henri la regarda avec sévérité. Personne ne contredisait ce père-là. Il a l'air si dur avec ses enfants ! disait-on parfois de lui. Il n'y a pas moyen de faire autrement quand on en a autant ! C'est vrai, et d'ailleurs ils sont parfaitement élevés.

Qu'ils l'étaient, bien élevés, cela se voyait le dimanche à la messe. Ils s'y rendaient tous ensemble : Henri, Mathilde, Gabrielle, et onze enfants. Même Louise, à trois ans, était agenouillée sur le prie-Dieu au moment de l'offertoire. Elle rêvait de communier elle aussi, et lorsque ses frères revenaient, elle demandait tout bas : c'est bon ? Chut ! lui faisaient les grands en tirant une immense langue pour lui faire voir l'hostie. Alors Henri tournait la tête vers eux et ils se taisaient, un silence total en une fraction de seconde, comme s'ils avaient vu le diable. Après la messe ils allaient déjeuner chez Valentine. Et Dieu les accompagnait partout. Avant de se mettre à table Henri récitait le bénédicité. Les enfants baissaient la tête comme faisaient leurs parents, et Mathilde souriait à la vue des petites nuques blanches dont elle savait la douceur chaude. Ils sautaient sur leur chaise et mettaient leur serviette à peine le dernier mot dit. Amen voulait dire A table. Valentine riait. Qu'ils sont drôles, disait-elle aux parents. Gabrielle souriait sans rien dire. Elle tenait son buste très droit. En elle quelque chose de lisse et de soyeux donnait l'impression d'une propreté de perle, comme si son corps avait une pureté minérale, que jamais il ne suait, ou ne s'épanchait, ou ne se salissait. En la regardant déplier sa serviette et la poser sur sa jupe, avec cette grâce hautaine qu'il lui trouvait, Henri pensait à la blessure qu'elle cachait. Mais quelle dignité ! De l'admiration et de l'affection, voilà ce qu'il avait pour elle, beaucoup d'admiration, pensa-t-il.

Jules était arrivé à l'âge du baccalauréat. Valentine proposa de le dorloter pendant les révisions. Elle fit de même les années suivantes pour Jean, Nicolas, André, Joseph… Valentine leur semblait d'une stupéfiante douceur, impression qui venait autant du calme de son appartement (rien de comparable avec une maison habitée par neuf enfants dont le plus jeune avait à peine quelques mois) que de la faible voix et du sourire de leur grand-mère. Elle était devenue une vieille dame dont les attentions et les gâteries, servies par son efficacité, créaient un confort de vie inégalé. Elle vivait au milieu de ses souvenirs, dans un décor immobile depuis la fin de cette guerre qui lui avait pris ses deux fils. Mais elle était d'une parfaite discrétion, ne parlant jamais d'elle et ne posant pas de questions. Les garçons se sentaient libres. Ils allaient et venaient à leur gré, sans saisir la charge de passé et d'histoire qui pesait sur cette maison : ils dormaient dans un lit Henri II, au-dessus duquel une large plaque de bois portait inscription de tous les défunts qui avaient dans cette famille servi la France. Cela ne leur causait aucun émoi et jamais ils n'y songeaient en s'endormant. Non, ils pensaient aux jeunes filles qui leur plaisaient, aux activités que les parents leur imposaient encore, aux études et à ce qu'ils feraient de leur vie. Ces jeunes recrues commençaient à fleurir. Ils n'étaient pas insensibles. Ils avaient pleuré quand Charles s'était noyé, et la solitude de Gabrielle les touchait (c'était surtout que sa beauté leur faisait forte impression). Mais ils oubliaient vite. Ils étudiaient. Ils allaient à un bal. Ils rêvaient.

Bien sûr Gabrielle ne parla jamais à Henri des enfants que Mathilde ne devait plus avoir. En quoi pouvait-elle se le permettre ? Catholiques ! ils l'étaient avec ferveur. Gabrielle n'avait quant à elle plus de mari, mais qui sait, si Dieu le lui avait laissé, combien d'enfants elle aurait portés. Ils s'en remettaient toujours à Dieu. Qu'un enfant fût conçu, qu'il arrivât à terme, que la mère ne mourût pas en couches, que l'enfant fût bien portant, ils priaient, récitaient des chapelets et des chapelets de Notre-Père, procédaient à des baptêmes précoces, des jeûnes et des célébrations. Gabrielle se rappela ces grandes fêtes d'août qu'ils organisaient du temps où Charles était là. Elle les voyait comme dans un rêve, en vacances tous les quatre, déposant dans un arbre une petite statue de la Vierge, habillant les enfants dans de longues robes blanches et tournant autour de la maison, en récitant des Je vous salue Marie. Les mots l'habitaient, vous êtes pleine de grâce, et le Seigneur, fruit de vos entrailles, est béni. Les petites voix des enfants déclamaient dans la nuit. Qu'est-ce que c'est les entrailles ? demandaient les garçons. Taisez-vous ! disait Henri. Les garçons se taisaient. Mais ils aimaient cette fête qui les faisait veiller ! Ils sautillaient dans leurs robes. Henri ordonnait qu'ils se calment. Les femmes récitaient avec fougue, sous leurs chapeaux blancs qui resplendissaient dans la nuit. On eût dit une procession de fées et de lutins qui disparaîtraient avec la lune. Lorsque les prières étaient achevées les enfants s'amusaient à faire les fantômes : les grands effrayaient les petits. Cela se terminait au lit, sur ordre d'Henri qui ne supportait pas de les entendre crier. Comme tout cela était bon ! pensait Gabrielle, comme ils avaient été heureux ! Et ils l'étaient encore. D'ailleurs Mathilde était comblée par chaque naissance. Les commandements du Seigneur n'étaient pas si cruels ! C'était ce que disait Henri, avec cette raideur qui semblait brusquement revenue de son père. Elle remontait en lui en même temps que ses certitudes. Il se cambrait un peu dans son habit et fronçait les sourcils. Les femmes et les enfants autour de lui ne disaient mot, tandis qu'il tirait sur son gilet, d'un geste sec, en guise de conclusion.

Mathilde continua de porter les fruits du désir d'Henri. A peine était-elle remise de la naissance de Jérôme, qu'elle fut enceinte à nouveau. Et ce nombre de mois que Dieu avait choisi pour créer une vie passa sur elle une fois encore, l'emplissant, l'illuminant, l'apâlissant. Christian était un bébé brun transpercé par des yeux bleus, le septième garçon et le huitième enfant. Dans la vie il entrait porté par une mère qui n'avait que trente-six ans, mais une habileté et une douceur inlassables. Il ne fut pas moins câliné d'être le huitième, car cet amour charnel en Mathilde ne faisait que grandir. Enveloppée dans un peignoir léger (juillet fut torride à Paris cette année-là) Mathilde penchait le visage sur celui de l'enfant endormi, et elle semblait, avec ses traits nets et sa peau pâle, une madone de pierre : éternelle.

Mais éternelle elle ne l'était pas plus qu'une autre. Le médecin qui avait mis au monde ses huit enfants essayait à chaque naissance de le faire comprendre, à demi-mots ridicules, à Henri qui ne l'écoutait pas. Henri contemplait ses enfants qui se préparaient pour la photographie. Qu'ils étaient beaux ses garçons ! Et Louise, elle était ravissante ! Gonflé d'orgueil il lissait sa petite moustache, docteur je ne vous retiens pas davantage, et s'en allait voir son épouse. Décidément, pensait-il, ces hommes de science n'étaient pas fréquentables, ils employaient des mots barbares et se mêlaient de ce qui ne les regardait pas. D'ailleurs Mathilde avait toujours été d'accord avec lui. Il frappait à la porte de la chambre. Entrez, disait-elle tout bas pour ne pas troubler le sommeil de l'enfant. Henri entrait. Oui, c'était vrai, elle paraissait un peu lasse. Mais elle se remettait vite, pensait-il tandis qu'il se baissait pour l'embrasser sur les cheveux.

Mathilde eut un répit : Guy naquit trois ans après Christian. Cette fois elle fut déçue : elle espérait une fille. Louise avait sept ans, elle était grande de taille et forte de caractère. Est-ce que ce sera une petite sœur ? demandait-elle à sa mère enceinte. On va voir, lui disait Mathilde qui ne voulait ni décevoir ni promettre. Louise disait les choses comme elle les rêvait : je voudrais une petite fille qui s'appellerait Marie. Vous aussi vous voudriez une petite fille maman ? Mathilde souriait. Un jour j'espère nous en aurons une, promit-elle à Louise. Car l'enfant venait d'entendre son père annoncer une fois encore : c'est un garçon ! il se prénommera Guy. Vous êtes sûre maman que c'est un garçon ? demanda Louise. Certaine ! dit Mathilde. Elle serra sa fille dans ses bras et dans l'instant où la chaleur de l'autre corps se transmettait à elle, à travers le coton de la chemise, elle eut l'étrange certitude qu'elle mettrait au monde une fille.

Mathilde fêta ses quarante ans. Gabrielle en avait cinq de plus mais paraissait plus jeune, comme si neuf enfants ne passaient pas sans trace. Les aînés prenaient lentement possession de leur vie. Bien élevés comme ils l'étaient, cela ne pouvait être qu'à petits pas : avec sérieux et application. Mais on en réclamait davantage aux garçons qu'aux filles. Solange se fiança à un polytechnicien qui se destinait à une carrière militaire. Jules entra à Saint-Cyr et Jean à Navale. Depuis toujours la famille servait la France, disait Henri avec fierté. Mathilde n'avait rien à ajouter.

5

Puis le dixième enfant fut conçu et commença d'exister dans l'esprit de sa mère. Dès le début ce fut une fille, Marie. Mathilde n'en parla pas. Cet enfant était son secret. Elle devint distraite, un peu langoureuse du fait de la fatigue, souriante parce qu'elle était heureuse.

Aucun des hommes de la maison ne s'aperçut que Mathilde avait changé. Henri pas plus que ses fils. Louise quant à elle perça le secret aussitôt qu'il fut élevé à ce rang. A dix ans elle avait fait grandir, au milieu de cet univers presque exclusivement masculin, tout ce qui en elle ne l'était pas : elle était coquette et sensible, un peu magicienne elle voyait au-delà des apparences. La transfiguration de Mathilde ne pouvait lui échapper. Elle vit tout avant même que tout fût venu : que sa mère était différente, sa peau plus claire, qu'elle dormait davantage, marchait lentement, et que son ventre avait déjà cette ligne arquée qui irait en s'accentuant.

Gabrielle lisait en Mathilde comme si rien au monde ne la séparait d'elle, comme si ce que Mathilde pensait sentait et craignait se reproduisait en elle à l'identique. Et Mathilde vit que Gabrielle savait. Il faut vous reposer, dit Gabrielle, promettez-moi de le faire, ajouta-t-elle en baissant les yeux. Elle était inquiète. Sa cousine avait l'air si las ! Je ne supporterai pas de la perdre, pensa-t-elle le soir de ce même jour, sur son lit couchée dans l'ombre, les yeux ouverts, sans parvenir à dormir. Et elle savait que c'était faux, on finissait par tout supporter. Le dire semblait terrible, mais c'était la vérité. A cette idée elle songea à Charles, et pensa qu'il lui arrivait maintenant de l'oublier. Elle revoyait le profil qu'il avait sur l'oreiller et elle se mit à pleurer. La vie lui était brusquement d'un poids immense qu'elle ne parvenait plus à porter. Tout était dangereux, tout était éternel recommencement par lequel ils seraient balayés, et les joies qu'ils avaient ensemble n'étaient que les enchantements éphémères de pauvres diables qui fermaient les yeux sur l'avenir.

Marie vint au monde le Vendredi saint et Mathilde mourut le même jour. Un jour de corps blessé et de sang, un jour où Dieu n'aidait personne, pas même son fils qui l'appelait. On le savait depuis longtemps que ce jour était maudit, murmura Valentine à travers ses larmes.

Quelques heures après le premier cri de sa fille, Mathilde livra son dernier soupir. Elle avait couvé sa mort sans y songer, elle la traversa avec la même sérénité. Ce ne fut pas une agonie crispée et terrifiante, mais un évanouissement doux, une fuite lente, quelque chose de simple et paisible comme un mouvement de fleuve, un courant inexorable qui l'entraînait : elle fondait d'épuisement, se diluait dans son sang, ce sang sauvage qui courait, fluide insaisissable parti rejoindre l'eau et la terre et tout ce qui n'était pas Mathilde. Par moments elle fermait les yeux sur ce frémissement liquide et chaud à l'orée de son ventre. Elle était déjà renoncement et humilité : son corps lui échappait, mais elle avait toujours vu qu'il n'en faisait qu'à son idée. Et maintenant elle écoutait ses chuchotis de machine lassée, ses bruissements d'organes, son silence et ses respirations, tout cela qui n'était pas éternel et allait s'interrompre, en ce jour, elle le savait.

Elle demanda ses enfants. On les amena en leur recommandant d'être sages. Mais leurs cœurs pouvaient voir qu'elle était sur le point de mourir. Ils ne comprenaient pas ce qui se perdait maintenant, mais ils pressentaient le lourd sommeil qui s'approchait. Ils restaient silencieux, debout au bord du lit, leurs petits bras ballants, intimidés par leur mère. Louise pleurait. Mathilde la serra contre elle. Elle murmura ce qu'elle croyait : elles sauraient continuer à se parler toutes les deux, à l'intérieur. Les autres, immobiles autour du lit, faisaient une couronne, une auréole grave et bienveillante. En retrait dans la chambre les domestiques pleuraient en se cachant et Gabrielle lorsqu'elle arriva les fit sortir aussitôt. Mathilde eut un sourire et un geste pour dire que ce n'était pas grave. Elle commença d'avoir ce visage souriant qu'elle aurait pour mourir. Des visions lui venaient. Elle vit un champ à perte de vue qui s'éployait contre le ciel en un grand drap immaculé. Elle vit des oiseaux bleus, dont les pattes laissaient dans cette neige les traces légères de trèfles à quatre feuilles. Puis ce furent l'écume d'une mer d'un même bleu que les oiseaux, et les larmes de Gabrielle sur le corps ruisselant de Charles. Elle vit s'élever dans les airs, portés par des mains rougies, les corps violets de dix nouveau-nés, les siens, qui étaient sang de son sang et la douceur de ses jours. Elle sentit sur elle les caresses d'Henri. Son sourire pincé et les grands fauteuils rouges étaient clairs dans sa mémoire, c'était hier, elle les revoyait, et aussi Valentine en petite poupée noire qui tentait de sourire.

Henri était maintenant seul au chevet de son épouse. Il avait pris la main qui reposait sur le drap et la tenait contre sa bouche. Il ne bougeait pas. Mathilde sentait le souffle chaud et l'humidité de ce contact. Puis elle reçut la tête qui pesait sur sa poitrine : Henri s'appuyait sur elle, s'accrochait à elle. Il n'avait pas la force de parler et de dire combien il l'aimait. Il n'avait que ce chagrin immense qui le prenait, le couchait sur elle pour la respirer et ne penser à rien qu'à cette odeur. Elle lui caressa les cheveux. Mais les images devenaient floues, ses sensations s'amenuisaient. Elle sentit que son ventre n'appartenait plus au monde. Ses jambes aussi avaient disparu dans ce grand mouvement liquide qui la traversait, l'emportait dans un abîme d'absence et de bien-être. Elle était légère, flottante entre la réalité et les images qui lui venaient encore, visage d'Henri, corps de ses enfants, regard de Gabrielle... de plus en plus effacés, comme disparaissant dans la brume blanche qui entrait en elle par les yeux. Elle entendit le braillement faible de sa fille nouvellement née. Mais elle n'avait pas la force de la prendre, ni même celle de le vouloir. Elle ferma les yeux, et bientôt le reste de sa vie glissa hors de son corps avec le dernier sang.

Longtemps après que le corps blanc de Mathilde fut à jamais intouchable, longtemps après qu'il eut été lavé par les prières et les larmes, Henri continua de vivre ce dernier instant. Il sentait encore la main de son épouse s'alourdir dans la sienne. Il se voyait pleurer sur elle, bafouiller d'incompréhensibles mots, s'effondrer. Et, pensait-il, c'était encore elle qui l'avait remis debout : elle qui n'était plus faite de sang et qui blanchoyait dans la chambre, plus claire que jamais ne l'avait été, comme une apparition. Il passait la paume de sa main sur le front, l'arête du nez, la bouche et le menton. Une force étrange l'envahissait qui semblait sourdre du corps de sa femme, et se souvenant que jamais il n'avait pleuré devant elle, il redressa la tête et se leva pour aller voir leurs enfants.

Leurs enfants ! C'était maintenant sa plus grande peine que de les voir privés de leur mère. La famille décapitée ne se rétablissait pas autour du vide creusé en elle. Le deuil d'Henri fut sans répit. On tenta bien de s'organiser. Mais les êtres étaient brûlés. Seules Valentine et Gabrielle, plus aguerries aux violences du sort, surent se rendre utiles. Les petits s'en allèrent un moment chez Valentine. Le cataclysme n'en finissait pas de se décliner sous des formes qui, à chaque fois, les surprenaient tous. Ce fut Louise d'abord qui, ayant refusé de quitter la maison de sa mère, passait des heures à pleurer dans la chambre où elle avait reçu son dernier baiser. Elle était rouge et morveuse dans une robe noire qu'elle avait troquée contre toutes les autres. Elle accusa son père. C'est de ta faute ! hurla-t-elle un soir tandis qu'elle sanglotait dans son lit. Il était venu la consoler et voilà qu'à ces mots il l'avait giflée. Elle avait entendu parler, pensa-t-il. Car on disait qu'Henri l'avait bien cherché, qu'il ne l'avait pas ménagée, sa femme, à lui faire tous ces enfants, il savait que cela finirait mal, le docteur l'avait maintes fois prévenu. Que le drame eût été prédit au fil des naissances contribuait à l'accroître. Les hommes dans le malheur avaient besoin d'accuser, quitte à pardonner mais parfois trop tard, pensait Henri qui ne se confiait à personne.

La petite fille qui avait découvert le monde en effaçant la vie de sa mère, restait désormais seule. Elle avait perdu l'odeur et le bercement qu'elle connaissait. Elle pleurait sans se lasser, refusait de téter, et sa peau était couverte de plaques rouges qui se déplaçaient du corps au visage, du visage au corps, comme une écriture qui disait les rythmes de sa douleur. C'était pitié de la voir à peine née et déjà souffrante. Gabrielle venait chaque jour. Elle prenait des consignes pour le soir auprès de l'infirmière qui s'occupait de Marie. Elle la berçait. Et tout en l'embrassant, en la langeant, promenant ses mains huilées sur les blessures, elle pensait que les chemins des hommes sont cruels. Le soir, au salon avec Henri qui s'égarait dans ses tapisseries, Gabrielle tenait la petite fille sur ses genoux et lui donnait le biberon. Elle ne parlait pas, Henri était silencieux lui aussi. Jamais il ne venait vers sa fille : cette enfant-là n'existait pas. Et Gabrielle, à sentir contre son ventre la chaleur du nourrisson, dont le front s'emperlait à force de téter, était de plus en plus forte. Elle se sentait grandir hors de ses limites, devenir invincible. Alors elle sut qu'elle était capable de les porter tous, Henri et les enfants, de leur faire surmonter peu à peu l'absence et la douleur. Elle regarda le visage clos de la petite fille qui s'était endormie et qui, si fragile et vulnérable, détenait ce pouvoir de susciter l'effort, la joie, et la tendresse. Elle comprit le secret de Mathilde, cette éternelle gaieté, qu'elle avait laissée derrière elle, avec son enfant. Gabrielle alla coucher le nouveau-né. Puis elle prit congé d'Henri. Il semblait absent et elle en fut frappée, voyant quelle dérive se jouait en lui. Dans le sourire qu'elle eut pour lui elle mit le courage qui était le sien. Car à partir de ce jour Gabrielle aurait toutes les forces.

Pendant une année Henri ne fut qu'un grand ressassement. Songes, souvenirs, abattement, projets et résolutions le harcelaient tour à tour. Il sut qu'il ne pourrait vivre sans une femme. L'intendance d'une famille comme la sienne, immense et encore jeune, ne se passait pas d'une mère. Il pensa à Gabrielle (il l'avait sans cesse sous les yeux, elle l'aidait déjà, et elle était parfaite). Mais cette décision lui semblait inacceptable. Il avait en mémoire le deuil plein de pureté de sa mère, et celui de Gabrielle. Leur veuvage sans plainte et sans oubli était une perfection si présente, que la simple idée de penser déjà à se remarier, lui qui était à peine veuf, saccageait l'image qu'il voulait de lui-même. Ce gâchis le laissait coléreux et taciturne.

Dans son silence Mathilde était présente, sans cesse à son côté. Il aurait voulu poursuivre seul, leurs enfants les parfaire, les apprêter pour les affrontements à venir. Mais il pensait qu'il n'était qu'un homme, privé d'un sein chaud, d'une peau douce, de mains souples et faites pour caresser. Parfois le soir, regardant les petits qui partaient se coucher seuls, pleins de vaillance, il se sentait sec comme un fouet. Alors il la revoyait balançant dans le couloir, poussant les enfants vers leurs chambres d'une manière ferme mais toujours tendre. Maintenant la famille allait à vau-l'eau et il était perdu dans ses songes blancs : le corps de Mathilde apparaissait dans sa nuit, il étreignait ce vide, cette morte pâle qui revenait, inoubliable. Mais il ne disait mot. A Valentine sa mère, à Gabrielle, à ses enfants, il donnait à voir son air raide, son sourire pincé, cette constante rigueur, qui étaient devenus à force l'exacte idée que tous se faisaient d'Henri. Mais une douleur obsédante était en lui, qui appuyait de tout son poids, l'assignant au souvenir et au désespoir. Lorsqu'il restait seul au salon, le soir après le départ de Gabrielle, il lui semblait que la pièce s'ordonnait autour du fauteuil vide de Mathilde. Mathilde ! appelait-il à voix basse. Mais rien ne se produisait. Il se contractait une fraction de seconde devant le métier à tisser, puis sa main recommençait à travailler et il se courbait sous l'effet de l'attention. Tard, le plus tard possible, c'est-à-dire lorsqu'il commençait à faire de vilains points, il éteignait les lampes et s'en allait à travers le couloir, vers un rai de lumière qui existait dans sa mémoire mais plus dans sa maison.

6

En moins d'un mois Henri acheta un nouvel appartement, s'y installa avec famille et domesticité, quitta l'édition pour une affaire de stockage pétrolier. Et fit sa demande à Gabrielle.

Tant de changements en si peu de temps ne lui avaient pas laissé le loisir de la voir souvent. Mais cette séparation avait fortifié sa certitude : Gabrielle portait en elle tous les remèdes. Elle était proche des enfants et la seule mère qu'aurait Marie. Pour lui-même elle était une présence qui jamais n'avait manqué, un silence qui imposait le respect, une mémoire qui recoupait la sienne en de si nombreux points que l'histoire naturellement les mariait. Elle avait connu Mathilde si parfaitement qu'elle saurait prendre sa suite. Il la voyait déjà à l'œuvre à ses côtés, avec sa limpidité de veuve fidèle. Henri rêvait à Gabrielle : droite, inflexible, d'une inaliénable pureté. Il savait qu'elle avait un faible pour lui, une sorte d'amour de vestale. Mais comment même s'en était-il aperçu ? Il se le demandait. Cela passait par d'invisibles fils qui transportaient le message jusqu'à lui, afin que du moins il sût, puisqu'elle ne ferait rien. Gabrielle saurait reprendre en main cette famille qui se perdait, ses deux filles qui n'avaient plus de mère, ses garçons qui ne travaillaient plus à l'école et qui bataillaient dans leurs chambres, ses grands fils qui n'entraient pas dans la vie... Henri n'en doutait pas. Mais qui était-il pour vouloir interrompre ce deuil solitaire qu'elle avait offert à Charles, son époux devant Dieu ? Henri était entreprenant en affaires, traitant les décisions sans s'y perdre, il ne fit pas autrement avec Gabrielle. Sans atermoyer, il se rendit chez elle un soir pour lui parler.

Il n'eut pas besoin de parler. Les yeux de Gabrielle le regardaient et dans le même temps savaient ce qui le menait vers elle. J'ai une chose difficile à vous demander, eut-il à peine le temps de dire (sa voix était légèrement enrouée). Je sais, lui répondit Gabrielle, et c'est oui. Avait-elle répondu si vite pour l'aider, ou parce qu'elle était émue ? Elle avait baissé la tête, ce qui le fit pencher en faveur de la deuxième réponse, mais la voix avait été claire et forte. Il eut le petit sourire pincé qui signait toujours son contentement, puis avança sa main vers le bras de Gabrielle, sans aller jusqu'à le prendre ou le toucher. Vous le voulez ? demanda-t-il, ce n'est pas seulement un sacrifice ? Elle dit non, ça ne l'était pas, son grand front incliné vers le sol. Il voyait les peignes d'écaille qui retenaient ses cheveux, et aperçut de nombreux fils blancs.

Gabrielle était plus âgée que Mathilde, et que lui-même. De l'âge, de sa beauté qui la quittait, de tout ce qui semblait maintenant si futile, il n'avait que faire. Vivre était devenu ardu. Et comme si elle entendait ce qui occupait cet esprit d'homme, Gabrielle pensa qu'elle n'avait rien à sacrifier mais tout à donner, sa tendresse et son ouvrage de femme. C'est ce qu'il cherche en moi, se dit-elle. Vivre est devenu triste depuis le jour où Mathilde n'a plus été là... se répétait Henri. Il ne cessait de penser à elle. Et maintenant encore elle était à côté de lui (parfois il sentait presque la présence d'un corps près du sien), c'était elle qui le poussait vers Gabrielle. Parce qu'il était impossible qu'il n'y eût pas de mère auprès des enfants qu'*elle* avait mis au monde. Alors il pensa qu'il fallait prévenir Gabrielle, il était obligé de lui dire cette présence perpétuelle de Mathilde. Gabrielle le voyant perdu dans ses pensées ne disait mot. Vivant la même fidélité, elle devinait ce qui l'occupait. Mais Henri ne pouvait se résoudre au silence : ce qui n'avait pas été dit lui semblait incertain. Les pensées les plus délicates ne trouvent pas facilement la configuration de mots pour se dire avec délicatesse, pensa Henri. Mais il allait se lancer, il le savait. Je vais lui dire quoi ? se demanda-t-il horrifié. Il allait lui dire qu'ils concluaient un arrangement... C'était assez laid, pensa Henri désolé. Mais il parla dans cette désolation et sans avoir trouvé la phrase rêvée. Il y aura toujours Mathilde et Charles avec nous, dit-il tout bas. (Il avait dit *avec nous* et non pas *entre nous*, néanmoins il n'était pas fier de lui.) Mais Gabrielle était merveilleuse ! jugea-t-il. Elle eut un vague sourire par lequel il sut qu'elle avait compris, même la difficulté de dire cette chose, même l'obligation de la dire. Ils sont là, répondit-elle, comme si tout était entendu. Il murmura un oui absolument brisé. Puis s'excusa : il devait s'esquiver un moment pour sa piqûre d'insuline (elle le savait, il était promis à un avenir de grand diabétique). Et c'était pour elle le début de la vie quotidienne qu'ils allaient partager. Elle pensa qu'elle aimait cet homme.

Et d'ailleurs le bruit de cet amour vint très vite à courir : tandis que la famille brassait les bavardages autour de ce remariage si rapide, la rumeur se répandait que Gabrielle avait toujours aimé Henri. Et bien sûr ce "toujours" signifiait : même du temps de Mathilde, même du temps de Charles. Mais Henri se moquait des mots malveillants que disaient en se cachant ceux qui n'étaient pas veufs avec dix enfants, ceux qui ne croyaient pas à la pureté des êtres, qui n'y croyaient pas au point de la refuser aux autres dont ils ne connaissaient rien. Il savait qu'il portait en lui, de la plus digne manière, l'amour de Mathilde.

En hommage à Mathilde, le Vendredi saint de cette année-là fut journée de deuil familial. La messe fut dite avant le déjeuner. Au premier rang de la chapelle les dix enfants de Mathilde, tous vêtus de noir, vinrent à leur tour lire les intentions qui demandaient à Dieu moins de peine pour les vivants et promettaient plus de soins aux défunts. Lorsque Louise s'avança, les mains serrées sur son papier, un infime murmure parcourut l'assemblée : elle était le vivant portrait de sa mère. Comme si rien n'avait perturbé l'exacte transmission des traits, comme si Mathilde avait laissé son visage, et de nombreux regards se tournèrent vers Gabrielle. En l'écoutant lire son petit couplet (Parce que son âme était agréable à Dieu, Dieu s'est hâté de la retirer de ce monde pervers, lisait Louise), en la voyant déjà grande et de l'abrupte beauté de sa mère, Gabrielle pensa qu'il y avait continuité au-delà des ruptures. Louise poursuivait (Pour Mathilde, prions le Seigneur) et ensemble les têtes s'inclinèrent, comme sous le joug de leur destinée. Marie, dont on ne fêterait pas l'anniversaire, était dans les bras de Gabrielle. En se recueillant Gabrielle posa son front sur la dentelle du bonnet de l'enfant. A côté d'elle Clotilde qui avait dix-sept ans, mais déjà des rondeurs et des timidités de très jeune femme, répétait les gestes de sa mère. A son insu, elle était à l'instant parfait du corps, celui de l'efflorescence aboutie, quand les délicats chemins de la croissance ont mené à une vénusté épanouie. Valentine qui se voyait depuis longtemps sèche et fluette était subjuguée par cette fraîcheur. Elle n'écoutait rien de la messe mais regardait Clotilde, et aussi les enfants qui, dociles, se levaient et s'asseyaient, se signaient et chantaient, et récitaient et se recueillaient, selon les gestes du célébrant. Etaient-ils encore des enfants, maintenant qu'ils avaient connu l'arrachement et la perte ?

Le mariage d'Henri et Gabrielle fut célébré en famille à la mairie du seizième arrondissement, puis en l'église de l'Assomption. Dans le jardin du presbytère, à la sortie, quelques-uns des sourires signifiaient, derrière le masque d'affabilité, que Mathilde serait toujours irremplaçable. Henri pensait quant à lui qu'elle l'était. Mais il y avait des exigences impossibles à ignorer.

N'étant pas homme à faire les choses à demi, il emmena Gabrielle en voyage de noces. Ils partirent en Savoie. Nous marcherons, je vous ferai découvrir la montagne au printemps, avait-il dit en poussant ses doigts dans les minuscules poches de son gilet, d'un air qui n'admettait pas la discussion, et que Gabrielle connaissait déjà.

Un cliché les montre au bord d'un chemin escarpé, tous deux souriants, sensibles à la féerie blanche qui les entoure, vivants. Et c'est exactement à quoi avait pensé Gabrielle, à cet émoi que lui valait maintenant de vivre. Henri porte un chapeau tyrolien en feutre couleur de sapin et son visage est détendu, comme si le pacte avec Gabrielle le soulageait d'un poids immense, celui des enfants inachevés qu'il ne savait pas embrasser. Elle irait dans leurs chambres, elle aurait des robes de soie qui chantent autour des jambes, de fines lèvres caressantes, elle saurait reborder un drap et endormir les fantômes. Mais pour l'instant elle se tient à côté de son deuxième époux, elle se dit qu'elle a cette chance, et elle respire l'air fraîchi par la neige des cimes. L'image est en noir et blanc, on ne voit pas la couleur du ciel, mais ils ne sont pas habillés chaudement et ils semblent chauffer leurs visages au soleil. La splendeur de la terre se présente dans ses atours de montagne : les crêtes qui jettent leurs éclats moirés de glace, un peu plus bas les roches qui affleurent sous la neige, et vers la vallée les pâturages détrempés au milieu desquels serpente le chemin. Une énergie sourd du décor, une force immobile et rude devant laquelle toute mollesse, toute désespérance de l'esprit, toute pensée atrabilaire, n'ont pas droit de cité.

Au retour Gabrielle s'installa avec ses enfants dans l'appartement d'Henri. C'était un espace qui n'avait rien des dimensions limitées des habitations ordinaires. Une barre fixe était accrochée dans l'entrée où les garçons rivalisaient en faisant des soleils. Un couloir menait aux chambres que les enfants partageaient : ceux d'Henri accueillirent ceux de Gabrielle. Elle-même eut la plus belle chambre, qu'Henri avait fait tendre d'un tissu jaune pâle, auquel s'assortissaient des bergères et un canapé.

Dans la salle à manger du “boulevard Emile-Augier” (ainsi en parlerait-on plus tard), ils étaient seize à table, les enfants s'échelonnant avec la régularité d'une nature inexorable, de la petite enfance jusqu'à l'âge d'homme auquel étaient parvenus Jules, Jean et Nicolas, et celui de femme en fleur où se trouvait (c'était un état) Clotilde. Gabrielle et Henri présidaient cette tablée, où ceux qui n'avaient pas passé le baccalauréat n'avaient que l'autorisation de se taire. Après le repas les plus jeunes faisaient "plat-dos" dans un coin du salon où les aînés prenaient le café avec leurs parents. Cette invention, dont le mérite revenait à Henri, consistait à les tenir couchés par terre et silencieux. Personne ne négligeait les ordres d'Henri, pas même Gabrielle qui imposa à son dernier enfant cette coutume jusqu'alors étrangère à ses pratiques. Dans le même temps Henri contribuait presque seul à la conversation, tournant une minuscule cuillère en vermeil dans sa tasse de café (alors qu'il ne mettait pas de sucre). A cette époque il était à se plaindre du moratoire des loyers et des dégâts que cette mesure ne manquerait pas de causer sur le patrimoine immobilier. Henri était un homme qui savait vivre avec l'argent : le gagner et le dépenser, le faire fructifier, et plus tard, le partager entre ses enfants, de telle sorte qu'aucun ne fût lésé et que rien ne nouât une discorde. Cet aspect de sa vie témoignait de son tempérament : à la fois noble et vétilleux. Il donnait son avis sur tout, avait des maniaqueries qu'il tenait pour des idées, et se plaisait de plus en plus à régler le monde autour de lui. Ainsi en allait-il de ses critiques sur les employées de maison que recrutait Gabrielle. Etait-ce un heureux hasard (ou bien voulait-elle déniaiser les garçons), elles étaient toutes jeunes et ravissantes. Henri n'aimait pas leurs manières de se fagoter (c'était le mot qu'il utilisait) : le moindre nœud ou ruban lui paraissait déplacé. Elles sont jeunes ! lui disait Gabrielle. Mais les femmes l'agaçaient dès qu'elles étaient occupées à plaire. Devant une femme (cuisinière, femme de chambre, ou l'une de ses filles ou bientôt de ses belles-filles) qui ne lui plaisait pas, il faisait des mines et parfois des remarques. Gabrielle souriait. Elle entendait au-dedans Mathilde murmurer : c'est un despote... Pour ce despote Gabrielle avait de l'admiration.

Tard le soir, après qu'ils avaient veillé au salon, et tandis que Gabrielle brossait longuement ses cheveux, Henri restait dans la chambre de son épouse à lire ou converser. Il entendait le bruit régulier de la brosse qui électrifiait la chevelure. Il était assis sur le canapé, ou parfois (très rarement) au bord du lit, lissant par instants le bout de sa moustache, et Gabrielle l'apercevait dans la glace de sa coiffeuse. Puis Henri regagnait sa chambre à l'autre bout de l'appartement. Ils ne voulaient pas d'enfants et Gabrielle ne s'était pas attendue à d'autres manières. En vieillissant Henri s'en allait quant à lui vers un refus des contacts physiques : il n'embrassait personne, et il ne détestait rien tant que cette manière de se bécoter qu'avaient certains de ses amis. Il serrait la main avec une distance et une raideur qui peu à peu devinrent excessives.

Puritain et autoritaire, Henri se trouva vite exaspéré par le manège d'amour qui commença dans sa maison : Clotilde et Jules perdaient la raison, découvraient la passion. Henri n'aurait de répit que lorsque ces deux-là seraient mariés. Ils le furent, aussi promptement que la cérémonie le pouvait supporter. Car tout avait parfum de scandale : ils étaient cousins par leurs mères, ils partageaient le même toit, ils étaient en âge de désobéir.

Cette alliance (qui durerait plus de cinquante années à partir de ce moment) s'était nouée en un éclair. A peine Clotilde était-elle installée avec sa mère (on l'avait mise dans la chambre de Louise), que Jules, sans doute habitué à cette maisonnée de garçons qu'avait enfantés Mathilde, avait eu l'effet d'une révélation. Clotilde avait grandi, elle était faite, belle, et il ne pouvait se déprendre de cette image nouvelle. D'abord il fut paralysé, et de son émoi ne laissa rien voir à personne. Il se contenta du plaisir douloureux de vivre aux côtés de Clotilde : il la regardait et s'y brûlait. Car ils se voyaient dorénavant avec leurs yeux d'amants, et en d'autres lieux, à d'autres heures que celles où ils avaient eu coutume de se voir depuis toujours. Les habillages et les parfums de l'intimité leur devinrent familiers. Jules aperçut Clotilde les cheveux dénoués (ce qu'il n'avait jamais vu). Le matin elle versait le café et il pouvait sentir son léger parfum de fleurs. Elle souriait beaucoup. Il fut foudroyé. Elle fut prise par ce constant regard sur elle, qui la traquait dans le moindre de ses gestes, la moindre de ses beautés.

On attendit de régulariser pour se réjouir. La situation n'était pas banale. On adressa une requête au pape : pouvait-on passer outre le lien de consanguinité ? L'accord revint bientôt. Le mariage fut décidé, annoncé, arrangé en un tournemain par Henri et Gabrielle qui, du point de vue de l'efficacité, n'avaient rien à s'envier l'un à l'autre.

Jules s'installa en Corrèze avec Clotilde, organisant un maquis sous le couvert d'un emploi de garde-chasse. Nicolas avait confié son sort et son espoir à la Manche qu'il avait traversée jusqu'à une terre libre. Valentine était épuisée d'angoisse, l'arrachement et la perte revenaient menacer la vie ordinaire. Gabrielle se refusait à parler : d'ailleurs le camp où son fils Guillaume était prisonnier avait un nom germanique qu'elle ne savait pas prononcer. Des jours à la fois dramatiques et sans relief s'accumulèrent. Ces années-là firent des héros. Nul ne s'en étonna, nul n'en conçut d'orgueil. Henri, les doigts dans les poches de son gilet, disait : notre famille a toujours servi la France… Gabrielle le regardait en souriant, tandis qu'elle envoyait les garçons se laver les mains avant de passer à table.

7

A son tour Clotilde engagea, avec une figure patiente et apaisée de jeune sainte, un long cycle de maternités. Les générations se chevauchaient : la dernière fille de Mathilde avait à peine quatre années de plus que celle de son propre frère Jules. Elle qui avait été rêvée et prénommée avant de voir le jour n'avait pu reconquérir son père. Il ne la voyait pas. A cinq ans elle n'avait jamais eu d'anniversaire : à cette fête Henri préférait le jour de deuil et la messe pour Mathilde.

Gabrielle désapprouvait. On ne devait pas attrister un enfant pour le souvenir d'un défunt. Sans attendre une approbation elle remplaça le deuil par un goûter. Il y eut ce jour-là des rires de petites filles, parmi lesquels se glissait celui de Valentine. A dater de ce moment on revint entièrement du côté de l'existence heureuse : les deuils noircissaient d'autres cieux. Mais le temps courait, des tours et des tours de piste, des jours après des jours qui ne voyaient rien de ce qui les emplit, ni les brèves joies, ni les peines interminables. Et comme si les humains se riaient de cette lumière qui se lève et se couche, eux-mêmes ne voyaient ni les jours en suite infinie, ni le temps qui peu à peu les fatiguait, les altérait, et les tuerait. Gabrielle avait changé de visage, c'était le même mais froissé, où l'enveloppe de peau s'était agrandie et ne serrait plus d'aussi près la chair. Henri était plus ennuyé qu'il ne voulait l'admettre par les choses du corps : il était asthmatique et diabétique sans jamais le laisser voir ou dire. Valentine était désormais plus petite que tous les garçons. A sa petite-fille Louise qui aurait bientôt vingt ans, elle disait tu es belle mon ange, tu as la vie devant toi, il faut prendre ce que les jours te donnent. Et elle pensait, moi je n'ai plus de visage, bientôt je n'aurai plus de corps... et alors je serai heureuse de retrouver mon époux. Elle le voulait.

Elle mourut une nuit de neige immaculée. Et elle eut, sans l'avoir même demandé, la mort la plus douce. C'était un soir d'hiver où les heures de la journée avaient été illuminées de la clarté argentée que font ensemble le grand froid et le plein soleil. Elle se coucha très tôt, comme elle en avait coutume, puisqu'elle se levait à l'aube et jamais ne se ménageait, offensée des égards que réclamait son âge et conservant malgré lui, non pas la rapidité de sa jeunesse, mais du moins le désir de cette rapidité, ce qui suffisait à en faire une nature encore vive. Elle ignorait, puisque tel est le sort des hommes, qu'elle en avait fini de se lever le matin et de se coucher le soir, de s'occuper le jour et se reposer la nuit. Elle en avait fini de posséder un corps, de le soigner et de le nourrir, de percevoir le monde à travers lui, de le sentir rêver à des baisers qui manquaient depuis longtemps. Valentine, qui s'était presque lassée à la fois de la vie sans Jules et de la mort qui ne voulait pas d'elle, allait enfin devenir ce qu'elle attendait : morte et amoureuse.

Comme chaque soir elle ferma les yeux sur le visage de Jules qui était dessiné sur ses paupières (malgré ses quarante années de veuvage, elle le voyait précisément). Elle eut un premier sommeil agité, et l'oreiller sous sa tête était trempé. Lorsqu'elle s'éveilla au milieu de la nuit dans cette moiteur, elle ne se souvint pas des rêves qui l'avaient agitée, mais une douleur à la poitrine lui fit l'effet d'une immense angoisse qu'elle crut la trace d'un songe cruel. Elle eut peine à s'apaiser tant l'impression de perforation subsistait. Mais elle dormait profondément lorsque son cœur l'abandonna, seule dans son lit, son visage devenu minuscule comme celui d'un petit enfant fripé. Au matin la femme de chambre la trouva ainsi faussement endormie, qui avait au bord des yeux deux larmes presque séchées et sur les lèvres un sourire étrange, comme s'il n'y était pas et qu'on le voyait cependant.

Ceux qui lui survivaient connurent d'autres journées. Ils fêtaient des mariages, des naissances, et des mariages et des naissances encore, car c'était une famille qui croissait et multipliait. Les temps changeaient cependant : quelques divorces vinrent les contrarier. Henri s'emportait. Il travaillait encore chaque soir à ses tapisseries, et pendant ce temps exposait ses griefs à Gabrielle. D'elle on disait : quelle patience ! Et de lui : c'est un vieux dinosaure. Mais il avait de l'autorité : dans sa maison les femmes ne portaient pas le pantalon, on récitait le bénédicité avant de se mettre à table, les petits étaient scouts de France, les baptêmes étaient précoces (pour ne pas dire immédiats), et Gabrielle continuait de sourire…

Henri mourut dans et par le silence qu'il conservait sur sa santé. Il se leva un matin avec une douleur à l'épaule mais se garda bien d'en parler. Il avait soixante-treize ans, son corps les avait aussi, et c'est à quoi il pensa tandis qu'il souffrait. Il s'était affaibli, ridé, taché, mais son tempérament était inchangé, plus semblable encore à lui-même, car l'âge donnant des certitudes et des rigidités le laissait aller à ses penchants : il était sans compromission, lucide sur sa vieillerie (ainsi la nommait-il en se moquant), obstiné à ne jamais s'en plaindre.

Après le repas de midi (Bénissez Seigneur ces nourritures que Vous nous offrez), il se mit à sa tapisserie. Gabrielle l'observait. Son époux était un vieux personnage plein de distinction, un de ces physiques secs où le visage est soutenu par une ossature si apparente qu'elle supprime l'impression d'affaissement des traits. Ce jour-là il portait un gilet de drap gris que Gabrielle avait fait faire pour lui. Dites-lui que je l'embrasse, dit-il à son épouse qui se préparait pour rendre visite à Clotilde. Et Gabrielle partit en souriant, car elle songeait que son mari n'embrassait plus personne.

Il tomba comme tombent les animaux sauvages terrassés par un tir invisible : une chute brutale et silencieuse. Mais le coup venait de l'intérieur, la mort avait pris le cœur dans son filet glacé. Alors le sang se figea sur les chemins qu'il avait parcourus inlassablement. Gabrielle lui ferma les yeux. C'était la fin du regard pâle derrière les lunettes, dont les verres d'ailleurs étaient brisés. Agenouillée, elle ramassa les débris et elle ne pleura pas.

A Gabrielle, dix années de plus furent accordées. Cette fin de vie était pleine du début de la vie des autres, ses petits-enfants qui n'étaient pas moins de cinquante. Quelquefois, pour une petite fille qui lui demandait de raconter ces choses merveilleuses (les robes longues), différentes (les mariages), tristes et inconcevables (tous ces deuils) qu'il y avait eu dans sa vie, elle ressuscitait l'immense passé, plus lointain que l'aube d'un siècle plein de métamorphoses. La petite fille s'exclamait : épouser un jeune homme que l'on ne connaît pas ! Gabrielle souriait, revoyant Charles en train de lui parler. Mais je l'ai aimé, disait Gabrielle. Et cela semblait un miracle. Certains petits-enfants, elle le sentait, n'imaginaient pas qu'elle avait été jeune. Elle leur montrait des photographies. Ils riaient, sans croire que c'était elle. Si c'est moi ! disait-elle en riant. Non ! Mais si ! Les témoins avaient disparu. Sa vie était une réalité qui n'avait cours que par elle.

Elle eut une façon très lente de mourir, peu à peu fatiguée, usée, diminuée dans chaque geste, et néanmoins obstinée, droite, toujours apprêtée. Elle portait des robes à col Claudine et plaçait dans ses cheveux moins abondants deux peignes en écaille. Les enfants regardaient le dessus plissé de ses lèvres trembler contre la tasse de thé. Elle mangeait des toasts au goûter et la confiture était dans un confiturier. Mais un jour elle fut en chemise de nuit, sans chapeau, sans gants, allongée dans son lit, parlant doucement à Clotilde, puis ne lui parlant plus.

8

D'eux, il reviendra sans cesse des parcelles. La forme droite d'un nez, les yeux bleus, le grand front, la raideur, une volonté particulière, même s'il n'y a personne pour reconnaître la troublante ressemblance.

Le sang et la chair, qui n'ont jamais le temps qu'ils souhaiteraient, ont une éternité derrière et devant eux. Et les codes secrets qui commandent l'allure d'un corps à naître, la force d'un tempérament à venir, livrent les secrets de l'ombre, du froid et de la dissolution, où ils vont, d'où ils viennent. Le spectacle se donne sans fin. Car l'instinct fait germer la chair, le désir la pousse, la harcèle quand elle s'y refuse, jusqu'à tant qu'elle cède, s'affale, se colle à une autre, et que s'assure la pérennité des lignées amoureuses.

Cela recommence, se prépare (mais nul ne s'en doute, pas même celle qui est concernée et qui devra éclore à son tour). Elle est l'arrière-petite-fille de Valentine. Elle a vingt-quatre ans (désormais l'âge au mariage a augmenté). Elle est invitée ce soir-là à un dîner dansant chez une lointaine cousine. Elle ne sait pas danser, elle est timide, mais va s'y rendre. Il faut sortir, pense-t-elle (elle est toujours à lire ou étudier), sinon on ne rencontre jamais personne (elle veut dire un mari ou du moins un amant, car elle n'a pas l'intention de toujours vivre seule).

Et maintenant elle marche. La ville se déploie dans le noir du ciel, elle jette ses feux de nuit. Cette beauté apaise la jeune fille timide. Elle marche vers le fleuve. Elle traverse le pont que l'on aperçoit des fenêtres de sa cousine (c'est un somptueux appartement, dit-on). Le vent s'engouffre dans l'espace vierge au-dessus de l'eau, il court comme sur le dos d'un serpent. Il froisse la surface. L'eau glisse vers la mer invisible, on dirait que c'est le vent qui la pousse. Il fait plus froid sur le pont, mais on peut rester à marcher dans le froid. Et c'est un bel endroit, une étendue dépliée au cœur d'un espace par ailleurs saturé de pierres et d'hommes. La jeune fille est magnétisée par cette place sauvage.

A deux cents mètres de l'immeuble où elle entrera (mais elle est encore sur le pont), elle s'arrête, toute blanche et lumineuse. Elle contemple la nuit au-dessus du fleuve, l'eau noire et miroitante. Un peu plus loin, contre le parapet, un garçon embrasse une fille. La jeune fille pense à l'amour des corps, à la sensation féminine d'être prise, pénétrée par un autre corps. Elle regarde la fille et le garçon penchés dans le vent, et le désir lui paraît impitoyable. Une animalité du garçon et de la fille, ce qu'en eux ils ne peuvent expliquer mais qui est plus brûlant que le reste, éclate jusqu'à elle. Elle ne voit que cela : cette envie qui les terrasse, les précipite l'un contre l'autre, impudiques et bouleversés.

Et la jeune fille timide se remet en marche. Elle approche de l'immeuble. Elle ignore que bientôt le même appel sera en elle, ancré, irrépressible, douloureux dans l'attente, exaspérant et magnifique.

Elle sonne à la porte d'entrée et la lointaine cousine ouvre en souriant. C'est une hôtesse jolie et élégante qui sait très bien recevoir. Aussi, pour que son invitée ne soit pas perdue, elle lui présente un jeune homme. Elle dit le nom, c'est un patronyme russe. Et l'arrière-petite-fille de Valentine salue, sourit, et reste immobile à côté du jeune homme russe.

Le jeune homme russe est perturbé. La foudre de la jeune fille blanche est tombée sur lui. Il le sait dans l'instant : cette princesse l'a poignardé en entrant. Alors il se met à parler pour mieux la garder près de lui. Il a du charme ce jeune homme russe qui sait se montrer tour à tour drôle, intéressant, curieux, admiratif. En même temps qu'il parle (ils sont debout près d'une cheminée), il observe la jeune fille timide. Même dans le détail, se dit-il, elle est une princesse. Elle est son genre de beauté, la femme qui éveille son désir (mais cela il n'est pas capable de l'énoncer) : l'ovale de son visage est doux, elle a le nez droit et les yeux verts d'une forme très allongée, presque bridés. Et puis il voit bien qu'elle est grande (car il est petit), plus grande que lui, avec une manière de se tenir debout comme une statue au milieu du salon. Au moment de rejoindre la salle à manger, il marchera à dessein derrière elle, convoitant cette ligne de ballerine, et elle, embarrassée par ce regard, se retournera pour lui sourire.

Pour le dîner on les séparera. Mais dans la soirée il ira la rejoindre et la fera danser (il pensera qu'elle danse mal mais qu'elle lui plaît ainsi). Ils continueront de parler, de plus en plus abandonnés. Elle commencera à le trouver séduisant et sera détendue, comme si elle l'avait toujours connu et qu'elle n'avait pas à paraître autre chose que ce qui est le plus profond en elle.

Plus tard elle sera l'épouse dans l'harmonie de cet homme. Et la mère dans la douceur d'un très jeune enfant.

BABEL

Extrait du catalogue

272. JEAN-PIERRE VERHEGGEN
Le Degré Zorro de l'écriture

273. JOHN STEINBECK
Voyage avec Charley

274. NINA BERBEROVA
La Souveraine

275. JOSEPH PÉRIGOT
Le Dernier des grands romantiques

276. FRÉDÉRIC H. FAJARDIE
Gentil, Faty !

277. FÉDOR DOSTOÏEVSKI
L'Eternel Mari

278. COMTESSE DE SÉGUR
Les Malheurs de Sophie

279. HENRY BAUCHAU
Diotime et les lions

280. ALICE FERNEY
L'Elégance des veuves

281. MICHÈLE LESBRE
Une simple chute

282. JEAN-PIERRE BASTID
La Tendresse du loup

283. ADRIEN DE GERLACHE DE GOMERY
Quinze mois dans l'Antarctique

COÉDITION ACTES SUD – LEMÉAC

Ouvrage réalisé
par les Ateliers graphiques Actes Sud.
Achevé d'imprimer
en septembre 2003
par l'Imprimerie Bussière
à Saint-Amand-Montrond (Cher)
sur papier des
Papeteries de Jeand'heurs
pour le compte
d'ACTES SUD
Le Méjan
Place Nina-Berberova
13200 Arles.

N° d'éditeur : 2573
Dépôt légal
1re édition : août 1997
N° impr. : 35969